龍子湖

张广智 著

大象出版社
·郑州·

图书在版编目（CIP）数据

　　龙子湖 / 张广智著. — 郑州：大象出版社，2022.5
　　ISBN 978-7-5711-1402-2

　　Ⅰ.①龙… Ⅱ.①张… Ⅲ.①随笔–作品集–中国–当代 Ⅳ.①I267.1

　　中国版本图书馆 CIP 数据核字（2022）第 055765 号

龙子湖
LONGZIHU

张广智　著

出 版 人	汪林中
责任编辑	王军敏
责任校对	万冬辉　张绍纳
封面题字	吴　行
插　　图	赵　曼
装帧设计	冯世夔

出版发行	大象出版社（郑州市郑东新区祥盛街 27 号　邮政编码 450016）
	发行科　0371-63863551　总编室　0371-65597936
网　　址	www.daxiang.cn
印　　刷	郑州新海岸电脑彩色制印有限公司
经　　销	各地新华书店经销
开　　本	720 mm×1020 mm　1/16
印　　张	17.5
字　　数	128 千字
版　　次	2022 年 5 月第 1 版　2022 年 5 月第 1 次印刷
定　　价	49.00 元

若发现印、装质量问题，影响阅读，请与承印厂联系调换。
印厂地址　郑州市鼎尚街 15 号
邮政编码　450002　　　　电话　0371-67358093

目录

卷壹

- 龙子湖 —— 〇〇二
- 三路 —— 〇〇五
- 六桥 —— 〇〇七
- 六湖 —— 〇一〇
- 湖心岛 —— 〇一五
- 湖光水色 —— 〇一九
- 书房 —— 〇二二
- 于斯为盛 —— 〇二六
- 嵩山书院 —— 〇二八
- 嵩山棋院 —— 〇三〇
- 豫庄 —— 〇三四
- 太格茂 —— 〇三八
- 钟书阁 —— 〇四一
- 竹榭 —— 〇四四
- 春华 —— 〇四七
- 秋实 —— 〇五〇
- 冬勤 —— 〇五三
- 姚夏 —— 〇五六
- 相济 —— 〇五九
- 时堽村 —— 〇六一

卷贰

春花烂漫 —— 〇六六
鸢尾 —— 〇六九
金针 —— 〇七二
睡莲 —— 〇七五
马兰 —— 〇七八
箬竹 —— 〇八一
迷迭香 —— 〇八三
棠棣 —— 〇八五
绿篱 —— 〇八七
常春藤 —— 〇八九
扶芳藤 —— 〇九一
鼠尾 —— 〇九三
凌霄 —— 〇九四
车轴草 —— 〇九六
麦冬 —— 〇九八
狗牙根 —— 一〇〇
红果 —— 一〇二
花圃 —— 一〇四
观荷 —— 一〇六
水湄 —— 一〇八

卷叁

碧桃 —— 一一二	梓树 —— 一三五
枇杷 —— 一一五	石榴 —— 一三七
白蜡 —— 一一八	红叶 —— 一三九
栾树 —— 一二〇	红枫 —— 一四一
法桐 —— 一二二	槐树 —— 一四三
广玉兰 —— 一二五	榉树 —— 一四五
樱花 —— 一二七	巨紫荆 —— 一四七
桂花 —— 一二九	苦楝 —— 一四九
雪松 —— 一三一	石楠 —— 一五一
	海棠 —— 一五三
	重阳木 —— 一五五

卷肆

喜鹊 —— 一六〇
翠鸟 —— 一六四
白头鹎 —— 一六六
黑水鸡 —— 一六九
骨顶鸡 —— 一七一
伯劳 —— 一七四
乌鸫 —— 一七七
麻雀 —— 一七九
白鹭 —— 一八二
白鹡鸰 —— 一八五
凤头鹏鹛 —— 一八七
灰椋鸟 —— 一八九
戴胜 —— 一九一
燕子 —— 一九三
啄木鸟 —— 一九五
黄鹂 —— 一九七
绿头鸭 —— 一九九
鸣蝉 —— 二〇一
萤火虫 —— 二〇四
观鱼 —— 二〇六

卷伍

张东 —— 二一二

关关 —— 二一五

老崔 —— 二一九

园林工 —— 二二二

清洁工 —— 二二四

芳邻 —— 二二六

教授 —— 二二九

学生 —— 二三二

晨练 —— 二三五

散步 —— 二三七

座椅 —— 二四一

品酒 —— 二四四

摄影 —— 二四七

冬泳 —— 二五〇

沙滩 —— 二五三

自然 —— 二五五

拓展活动 —— 二五八

琴瑟 —— 二六〇

一日 —— 二六三

丰合赛艇俱乐部 —— 二六六

后记 —— 二六八

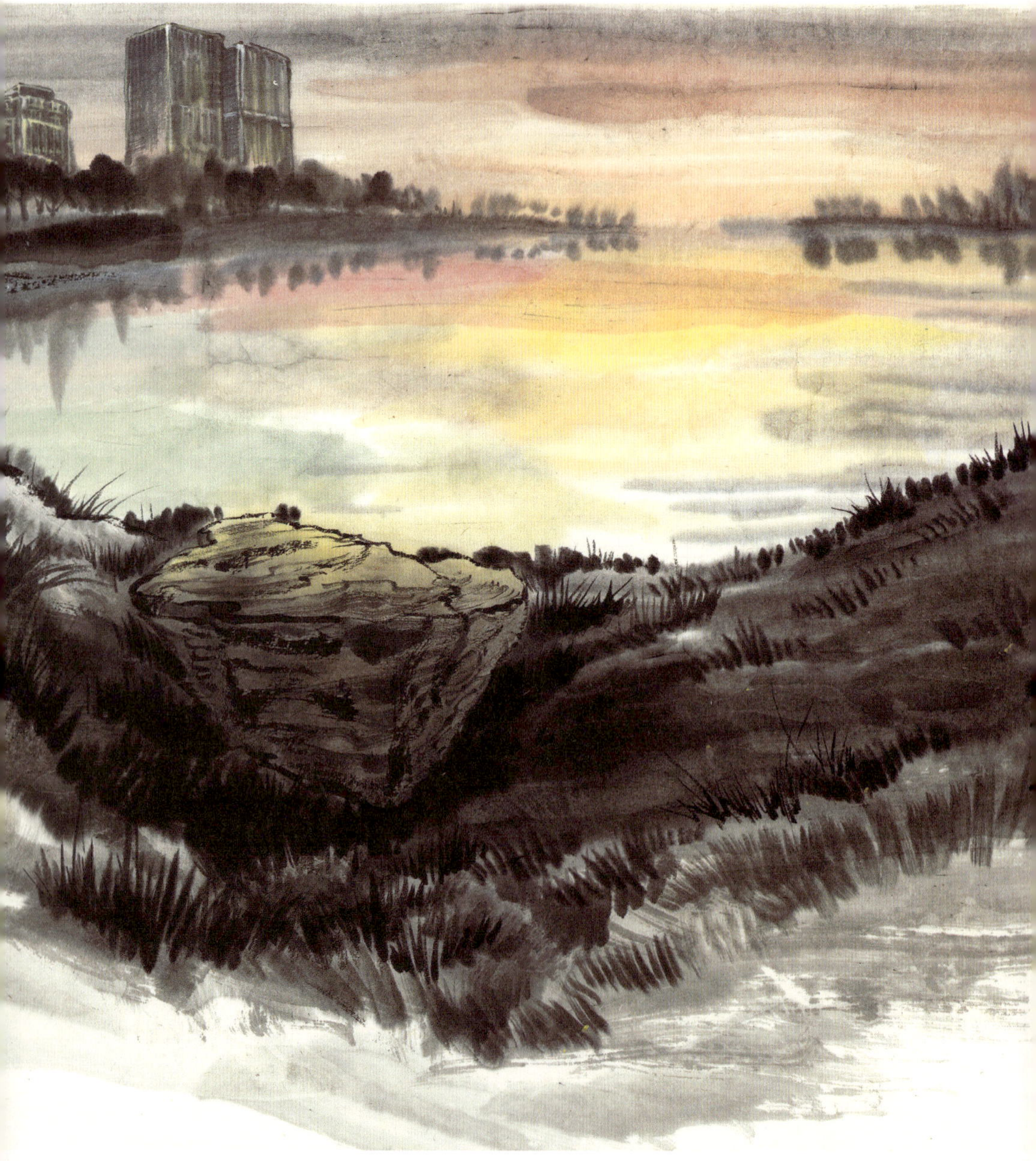

湖水送清凉 夜月朦朧
相見孟頫舉歡樂有睹翁

卷壹

龙子湖

北方城市缺水，没水就少了灵性。在北方，但凡有些水的地方，就开始叫水镇水城。南方城市河网密布，人们出门需坐船，也不见谁标榜自己水多。可北方城市不一样，因为水少，这里的人们就特别喜欢水爱惜水，有点水就想说道说道，也在情理之中，物以稀为贵嘛。

我长期生活在郑州，最常看到的就是金水河。有这么响亮的名字，有那么优美的传说，今天整明天修，结果却不是断水就是臭水。作为郑州人，你有勇气给别人介绍吗？你能带外地朋友去看看吗？说这就是子产家人为了维护子产的清誉，在子产死后不肯接受老百姓赠予的金银，老百姓遂把金银投到水里的那条河？我们的母亲河黄河倒流经郑州，可距市区那么远，不能朝夕听到澎湃涛声，不能经常看到它日夜奔流。散落在城市周边的大小水库，经年累月人们也难得亲近一次。几个公园里的那点水，叫它湖是高看它，叫它坑又不雅驯。说实在的，紫荆山公园的湖，真不比我们村的坑大。

这几年郑州城市面貌有了很大变化。别的不说，单说这水，金水河、熊儿河、贾鲁河、潮河、东风渠等，都常年有水了，并且是流动的水。还有龙湖、象湖、如意湖、龙子湖等新添水面，宜人眼目，使郑州人脸面上多了一层润泽，少了几分干燥。这些河湖是相互贯通的水系，水流经市区不能说没一点损耗，但并不影响使用，且惠及了广大百姓，提升了城市品位。

我的书房就在龙子湖东岸，从书房出门就是龙子湖东路，过了路就是湖堤，穿过林下小径就来到了湖边。在屋里能看到湖，出门能亲近湖，一日不到湖边转转，就觉心绪不宁，市尘未扫。

龙子湖的面积不算大，只有一平方公里的水面，由六个小湖连缀而成，每个小湖如天镜飞落，银光闪烁，随着季节更替和天气阴晴，能幻化出不同的诗情画意来。湖水清澈，鸥鸭翔集，香蒲芦花，摇曳照水。湖堤绿树成荫，碧草如毡，红花素蕊，四时不绝。湖畔有幽曲小径，供人徜徉漫步，使人流连忘归。

湖心岛上，华宇林立，是中原科技城所在地。湖周围分布的十五所高等院校，构建起龙子湖大学城。龙子湖既作养人才，又是各类人才创新创业施展抱负的福地。

龙子湖这名字多少有些直白，无外乎是这里高校多，学生多，盼成才，望成龙。我私下倒有一番道理：浙江杭州有个西湖，闻名天下；江苏扬州有个瘦西湖，比西湖小，也很有文化，很有底蕴，它不叫小西湖，而叫瘦西湖，喊在口上，别有一番意趣。江苏、浙江相邻，河南、湖北接壤，武汉有个东湖，东湖是湖北重要的高校园区，郑州的龙子湖是河南重要的高校园区，龙子湖比东湖小，又在郑州东区，何不叫瘦东湖呢？过去一个人有名，还要有字、有号。如：李白，名白，字太白，号青莲居士；苏轼，名轼，字子瞻，号东坡居士。如果龙子湖君多个瘦东湖的别号，也不能算太离谱，我私下只管这样叫，别人怎么叫我管不着，也懒得管。

三　路

龙子湖上的路很多，可贯穿龙子湖的只有三条路。东西向的一条是平安大道，南北向的有两条，西边的一条是博学路，东边的一条是明理路。

平安大道没有贯通时，东段叫平安大道，西段叫祭城路。贯通后取消了祭城路，统一叫平安大道。取消祭城路引起了祭城村居民的热议，大家认为祭城是个古老的地名，承载着悠久的历史和厚重的文化，不应该取消。于是，几个热心的居民一纸诉状把市政府告上了法庭。经新乡市中级人民法院审理，认为几位居民不具备诉讼主体资格。几位居民不服，又申诉到省高级人民法院，最后经最高人民法院第四巡回法庭审议，对几位居民强调的"历史传承、文化认同、乡愁情结、灵魂归宿"的诉讼理由表示理解，但从法律层面不足以推翻原判。一场历时三年的地名官司，方告终结。从此，平安大道横贯东西，中间就贯了龙子湖。

祭城这个地名确实有来历。西周时期，周公的第八个儿子姬伯翔，被分封到管城东北，建立了祭国，此地为祭国都城，称祭伯城，即后来的祭城。如今在祭城遗址附近，建有祭城公园，设有祭城路街道办事处，昔日的祭城村已变迁为祭城社区。祭城居民的追远怀旧，不是没有理由的；但一条路叫一个统一的名字，也不是没有道理的。

博学路和明理路，显然来自《中庸》中的名言："博学之，审问之，慎思之，明辨之，笃行之。"这句话概括了一个人的求知过程。第一个阶段是博学：倡导人们要广泛涉猎，博采众长；要有旺盛的求知欲望，对世界万事万物充满好奇；要胸襟开阔，兼容并包，海纳百川。第二个阶段是审问：要善于发现问题，善于提出问题，善于追根问底。第三个阶段是慎思：要勤于观察，勤于分析，勤于思考。第四个阶段是明辨：要去伪存真，去粗取精，掌握真知。第五个阶段是笃行：要学以致用，知行合一，在实践中检验知识，在行动中使学习进入新的更高的阶段。博学是明理的前提和基础，明理是博学的结果，通过博学、审问、慎思、明辨、笃行，而完成掌握知识和追求真知的人才培养过程。博学、明理这么好的名字，不放在大学城说不过去，我赞成。

六　桥

平安大道、博学路、明理路穿越龙子湖架起了六座桥，这六座桥一直没有名字，很不方便。譬如要约朋友在哪个桥头见面，你该怎么说，得找好多参照物才能说明白。这里我不揣冒昧提点建议，采纳不采纳无所谓，别怪我多事就行。

明理路靠南的桥可以叫明心桥。明代大儒王阳明先生说了，心即理，那明理就是明心。王阳明认为，心即理，心外无理，人人内心有良知，要追求真理，要成贤成圣，不假外物，不需外求，只要通过充足的修养功夫，开发内心的宝藏，达到明心，即致良知，人人皆可成贤成圣，所以叫它明心桥。至于说年轻人谈恋爱，两个人到桥上互相表明心迹，释放爱意，好呀，修桥干啥呢，不就是由此岸到彼岸，彼此沟通吗？大千世界，芸芸众生，偏偏这两个人相识相知相爱，能够走到一起，两颗心在这里沟通，在这里表明心迹，挺好的事情。

博学路靠南的桥可以叫明慧桥。明慧即聪慧，聪明且又智慧。性情通达明快，才情飘然不群，口舌畅言无碍，可谓明慧也。桥上走过的那些青年学子，谁不愿多一些聪明多一份智慧呢？宋代词人蔡伸有一首《踏莎行》，是写白莲的："玉质孤高，天姿明慧。了无一点尘凡气。白莲空殿锁幽芳，亭亭独占秋光里。"偏偏明慧桥下的湖水里就有绽放的白莲。男生在桥上多走走，能"了无一点尘凡气"；女生在桥上多走走，能像白莲一样"玉质孤高"。多好啊！

平安大道靠东的桥可以叫明伦桥。《孟子·滕文公上》说："夏曰校，殷曰序，周曰庠，学则三代共之，皆所以明人伦也。"古代明伦就是学校的宗旨，就是办学的目的。河南大学的老校区就叫明伦校区，因为门前就是明伦街。河南大学的郑州校区就叫龙子湖校区，离这座桥最近的河南农业大学，原来就是老河大的组成部分，我意叫明伦桥就挺好。

平安大道靠西的那座桥可以叫明德桥。《大学》的第一句就是："大学之道，在明明德，在亲民，在止于至善。"大学的宗旨就是培养学生的美德，美德可是做人的根基。让华夏儿女一代代把中华民族的传统美德继承下去，发扬光大，多好呀！《大学》中还说："古之欲明明德于天下者，先治其国。欲治其国者，先齐其家。欲齐其家者，先修其身。欲修其身者，先正其心。欲正其心者，先诚其意。欲诚其意者，先致其知。致知在格物。物格而后知至，知至而后意诚，意诚而后心正，心正而后身修，身修而后家齐，家齐而后国治，国治而后天下平。"修齐治平是儒家的理想和人生追求，要明明德的人必须从自身做起，不断提高自身道德修养和综合素质，才能担当起明明德的历史责任。

明理路靠北的桥可以叫明云桥。朱熹有《观书有感》诗："半亩方塘一鉴开，天光云影共徘徊。问渠那得清如许？为有源头活水来。"人间好事，还是读书。蓝天白云，投影波心，窗明几净，插架万轴，好好读书吧，不管你是学生还是老师，抓紧时间读书，别浪费这大好时光，别辜负这一湖美景。

博学路靠北的桥可以叫明月桥。月明星稀，凉风如水，乌鹊别枝，寒蛩声声。这时你一个人徜徉于湖畔，仰望空中朗月，你就是李白，聊发一声"今人不见古时月，今月曾经照古人"的浩叹；你就是王维，吟一曲"明月松间照，清泉石上流"的夜唱；你就是苏东坡，做一次清风明月的当下主人。

明心、明慧者，立志向学也；明伦、明德者，有用于世也；明云、明月者，复归自然也。是谓六桥。

六　湖

龙子湖的六座桥，把龙子湖析分成了六个相连的小湖。这桥都有名字了，湖也应该有个名字，否则不公平。一事不烦二主，既然桥的建议在前，不妨湖的建议随后。

龙子湖虽然是个整体，但从视角上却被六座桥分割成了六个相连的小湖，也可以说龙子湖由六个小湖组成。

龙子湖是大学城，遍布高校，把六个湖依据儒家"六经"去命名应该是比较合适的。儒家"六经"是指《诗》《书》《礼》《乐》《易》《春秋》，你要说《乐》已经失传了，只剩五经了，但音乐没有失传，六个湖对应"六经"，正好，让乐继续响起。

中国建筑讲究的是坐北朝南，明云桥和明月桥之间的湖，是正北方向，当然是最核心的位置，可以叫日月湖，对应上《易经》。一是《易经》在儒家经典中是群经之首，是大道之源。《汉书·艺文志》就把《易》放在了首位，许慎的《说文解字》和《十三经》都以《易》为群经之首。《易经》对我们这个国家、民族和社会，对人们的生活和心理，都有着深刻而广泛的影响。儒道两家源于《易》，释家传入中国后，也广受《易经》浸染。

易者，日月也，阴阳也，变化也。日、月从字构上讲，上日下月可以组成易，左日右月可以组成明。二是我前边给六座桥都取了带"明"字的名，所以把最当位、最核心的湖，叫日月湖也算得上实至名归。

按顺时针方向，和日月湖相通的湖，处东北方位，在明云桥与明伦桥之间，让它对应《诗经》，可以取名关雎湖。一是《关雎》是《诗经》的开篇第一首诗，说起关雎人们会立即想到《诗经》。二是雎鸠是一种水鸟，朱熹说："状类凫鹥。"凫就是野鸭，龙子湖里的野鸭可多得是。鹥就是鸥，龙子湖有燕鸥，只是没有野鸭多，人们不大熟悉而已。《诗经·大雅》中，还有一篇专写凫鹥的，开头四字是"凫鹥在泾"，意思是许多水鸟在水中央，简直写的就是今天的龙子湖。

与关雎湖相通的湖，处东南方位，在明伦桥和明心桥之间，让它对应《书经》，可以取名知远湖。《书经》就是《尚书》，是我国最早的历史文献汇编，以记言为主，包括虞、夏、商、周各代的典、谟、训、诰、誓、命等，一直被视为中国封建社会的治国宝典，是古代士大夫的必修课，从中可以学习牧民事君之道。孔子说："疏通知远，《书》教也。"

所谓"疏通知远",是通过学习历史,明白道理,把握规律,开辟未来。学习历史既是向前知远,也是向后知远,更是立足当下放眼长远。

与知远湖相通的湖,处正南方位,在明心桥和明慧桥之间,让它对应《礼经》,可以取名崇礼湖。《礼经》一般指的是《仪礼》,《仪礼》记载了冠、昏、丧、祭、乡、射、朝、聘等各种礼仪,孔子说:"恭俭庄敬,《礼》教也。"恭俭庄敬,就是端庄有礼,就是与人友好相处,是立身之本。不学礼,无以立,有礼则安,无礼则危。《孔丛子·陈士义》中有:"当今所急,在修仁尚义,崇德敦礼。"我认为崇礼,就是既要崇尚礼、学习礼,又要践行礼的意思。不崇尚何以有学习动力?只学习不践行,何以内化为素质,何以立身社会?所以崇礼既是学习,又是实践,最后升华为人格素质,做一个知书达礼之人,应该是人生的基本目标。

与崇礼湖相通的湖,处西南方位,在明慧桥与明德桥之间,让它对应《乐经》,可以取名伶伦湖。伶伦是黄帝的乐官,是发明律吕据以制乐的始祖,黄帝主要活动于新郑具茨山,伶伦的活动范围离此处也不会太远,麻烦一下伶伦他老人家不至于推辞不就。不是说《乐经》已经失传了吗,可音乐没有失传，音乐还在不断发扬光大。一代有一代之乐，一国有一国之乐，我们现在提倡美育，其中就包括音乐教育。孔子说："广博易良，《乐》教也。"何谓"广博易良"？广见博闻，平易善良。高山流水遇知音，你听音乐时，看到高山了吗？听到流水了吗？没有，可是又如同看到了、听到了。到达一定境界，比真正看到听到还要真切，还要深刻，音乐就是这么奇妙，"《乐》教"可以达到使人平易善良的效果。《庄子·天下篇》说："《乐》以道和。"《荀子·儒效》说："《乐》言是其和也。"所谓"和"，是儒家的中庸思想，怎样才能达到和美、和睦、和谐、和合？要执两用中，无过无不及，不然河南人怎么好说"中"呢？

　　与伶伦湖相通的湖，处西北方位，在明德桥和明月桥之间，让它对应《春秋》，可以取名春秋湖。过去农村人都先取乳名，也称小名。到上学时，再取个学名，也称大名。有时图省事，直接把乳名（小名）前加姓氏，就算是学名（大名）了。这种起名的方法，我们叫连根倒。这种方法起的名字，不一定雅驯，但与学习成绩无关。你起的名字带龙带凤，有冠有甲，不妨碍你学习成绩排在最后。最后这个湖，也连根倒，就叫春秋湖。《庄子·天下篇》说:"《春秋》以道名分。"孔子作《春秋》,乱臣贼子惧。一字含褒贬,笔则笔,削则削,以史实明是非、辨真伪、证道义。有道无道,得道失道,自有客观标准。天大地大,道理最大,不是信口雌黄任笔乱抹的,就叫春秋湖吧。

春秋湖和日月湖相通,构成了闭环。六湖相连,六六大顺,龙子湖也。湖光水色,绿树掩映,是吾家也。

湖心岛

湖心岛上的绿树丛中，能见到的鸟儿除了麻雀和喜鹊，最多的就是斑鸠了。有时能看到三两只，有时能看到十多只，在草坪上踱着方步优雅觅食。

斑鸠体形匀称紧致，脑袋不大不小，尾巴不短不长，鸟喙尖利适中，称得上标准身材，就像过去说姑娘个头，"不高不低，一米六一"。斑鸠毛色不算艳丽，整体灰褐色。但要仔细看去，脖颈上那满天星似的白点，像一颗颗珍珠，朴素中透着奢华。橘黄色的眼睛，紫红色的双足，显得干练麻利。当它飞起时，展露出大片白色尾羽，如姑娘随风飘动的漂亮裙裾，倏而腾空飞去，倏而侧翼滑翔，也是一道风景。

斑鸠的叫声浑厚有力，咕——咕咕——咕咕。小时候常见的鸟中，留在记忆中的叫声，最好听的就是斑鸠了。麻雀的叫声太碎，喜鹊的叫声太闹，乌鸦的叫声太冷，猫头鹰的叫声太瘆，布谷的叫声太忙，燕子的叫声太昵。听到斑鸠咕咕的叫声，内心会泛起丝丝暖意，有一种离家不远的感觉。

斑鸠与人亲近，所以有人说它傻，很容易被捉到。我说这不能证明斑鸠不够聪明，只能说明人类不够意思，辜负了斑鸠的一片好意。人家亲近你，你就起歹意，怎么能怪人家傻呢？

有一次我在一条小路上，看到两只斑鸠，非常亲昵，因为雌雄同色，分不出公母，我想它们是夫妻，或者是情侣。我想绕过去，尽量不惊扰它们，它们显然发现了我，我不往前走，它们也不飞去。我绕行过去，回头看，它们仍在那里徘徊私语。不知是夸我识趣，还是继续自己的情话。

说是斑鸠晓晴，天要放晴，斑鸠会鸣叫，是个活动气象站，这和农事有关，看来真应当把斑鸠写进我们的农业文明史中去。宋代陆游有诗云："竹鸡群号似知雨，鹁鸪相唤还疑晴。"清代赵翼有诗云："何处遥天听鹤唳，鹁鸪声里晓耕云。"鹁鸪就是斑鸠。

在商代，渤海之滨有个经济相当发达的薄姑国，薄姑音同鹁鸪，该国的图腾就是斑鸠。

如果家里来了斑鸠，它们在你家窗台上做窝，那是斑鸠看得起你，象征着天赋吉运、富贵长久。你不要惊扰它们，更不能嘴馋，捉去吃了。

在中国传统文化中，斑鸠象征着友情，是吉祥鸟，寓意长长久久。斑鸠是不咽鸟，古代还象征着长寿和祥和，给老人的手杖顶端雕刻成斑鸠状，称鸠杖，祝祷老人饮食不咽，健康长寿。

日本有个圣德太子，是飞鸟时代的著名改革

家、政治家，他通过一系列改革措施，结束了豪族政治，仿照隋朝建立了中央集权制，极大地促进了日本社会经济的快速发展。他在斑鸠町修建了斑鸠宫，还修建了斑鸠寺，即法隆寺。法隆寺建筑物群现为世界文化遗产，可见斑鸠在日本也曾辉煌得可以。

鹊巢鸠占绝对是冤案，谁见过斑鸠占了鹊巢？喜鹊筑的巢，我看既不够精致，也不够宽敞，斑鸠能看得上？再说，也没见过喜鹊吵闹呀，喜鹊那么大嗓门，巢被占了，会忍得住一声不吭？倒是斑鸠被冤枉这么多年，没喊过冤，没申过屈，平静地过自己的日子，勤劳地操持自己的家，显得心态是那样淡定，胸襟是那样宽广。

湖心岛现在叫智慧岛，可智慧岛太多了，随处可见。如果要以鸟命名湖心岛的话，我赞成叫斑鸠岛，让斑鸠常住湖心岛，以湖心岛为家，让大家在岛上工作时，能听到咕咕的叫声，散步时能常看到斑鸠振飞。

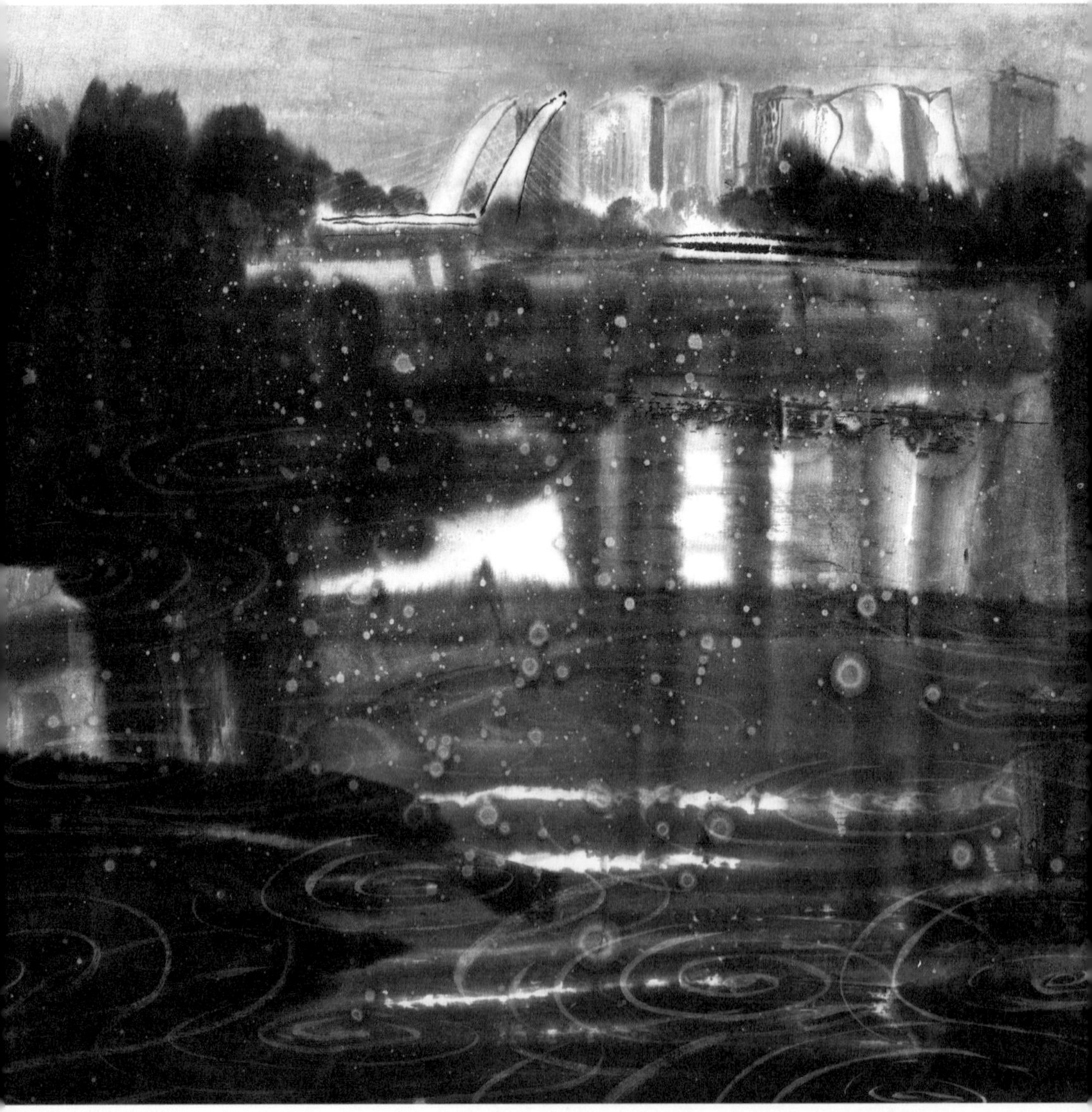

湖光水色

　　常年和龙子湖厮守着，我几乎每天都到湖边散步，自然对龙子湖就有了感情。别的湖偶尔去一次，甚至一生只去一次，你会被它惊艳，对它动情，但终究不能当日子过。龙子湖不同，龙子湖是我随时可以亲近的。春天可以去，夏天可以去，秋天可以去，冬天也可以去。早晨可以转，中午可以转，晚上也可以转。晴天可以，阴天也可以；雨天可以，雪天也可以。

　　春天的龙子湖水是蓝的。白居易说"春来江水绿如蓝"，我发现龙子湖水也是蓝的，乳蓝色，水里像滴进了少量的牛乳。如果岸上有建筑，楼宇的蓝色玻璃幕墙映在水里，湖水就蓝得更深了。那蓝色的倒影，像会洇染播散，虽然深浅不一，但望去也是一湖的蓝了。

　　夏天的龙子湖水是绿的。岸上的树是绿的，草是绿的，它们映在水里就是一块一块绿，分不清树枝树叶，分不出这草那草。茂盛的芦苇香蒲长成一堵绿墙，水中的墙和水面的墙根接着根，偶尔有艘皮划艇划过，那水手身着橙红色救生衣，整个湖面就成一卷青绿山水图了。

　　秋天的龙子湖水是净的。湖面如镜，天光云影，除了水鸟戏逐时划出的航迹，不见一株杂草，没有一段枯枝。湖水清澈见底，藻荇静立，游鱼可数。如果你能在湖边椅子上或石头上坐下，慢慢静下来，那么心会变得像湖水一样澄明，把该丢掉的丢掉，该放下的放下，仔细享受一下这人间好时节。

冬天的龙子湖水是白的。结冰了白，下雪了白，稍微有点阳光，就是一湖碎银闪烁。水边的芦花白了，随风起舞，坚挺不伏。白头鸭从此岸飞到彼岸，掠影寒塘，鸣声清脆，那是在号冬唤春。

无风时湖面如巨幅绸缎，微风吹来，细纹密布。风大时如无数巨人用力抖动，鼓荡撕扯不开一点缝隙，向人们展示着良好的质感。湖面上水鸟随波起伏，如在轻歌曼舞。大风掀起滚滚白浪，湖上便一切匿影无形。

雨天到湖边走走，别有一番情趣。湖面能看到无数雨点落下，砸出的涟漪还未荡开，就被后来的雨点冲去，草上挂着雨珠，树上滑下水滴。雨小时不要撑伞，淋湿头发，收一头清凉；雨大时也不要归家，听雨打伞盖的响声，看风吹雨斜的风景，大自然的玄妙不可言说。

夜晚的龙子湖换了一副模样，这里天心悬月，那里流光溢彩。楼宇幻化成抖动的光柱，六桥水上水下孪生。年轻情侣喁喁私语，三五良朋酒后喧哗。

　　谁说得不到的才是最好的,脱钩的都是大鱼?龙子湖,吾得之,吾亲之。

书　房

　　房子装修好后，我随即把多年散放在几处的二十多架书都搬了过来。各屋走走看看，独自坐在书桌前，心里泛起少有的满足感。一个爱书如命的人，老来终于有了自己的书房，面积这样大，风景还这么好，夫复何言。

　　故乡在豫东平原上一个偏僻的村庄，全村两千多口人中，识字的很少，没见谁家有书，甚至有字的纸都难见到。小学四年级时初步具备了阅读能力，可是除了课本见不到别的书，偶尔从同学处借到本小说，总是前边缺了若干页，后边掉了若干页，好多页角上磨掉不少字，真说不清有多少人看过这本书。同学说："给你一星期看完，别人还等着呢。"君子协定，到时间准还，那才真是废寝忘食呢。《林海雪原》《青春之歌》等书就是那时候读的。

　　姨家家庭条件好些，表哥高中毕业，积攒下来不少连环画，《杨家将》呀，《岳家军》呀，《西游记》呀，每次去走亲戚，总要想方设法偷两本回来，或放在馍篮底下，或塞在裤腰里，搞得食不甘味。

　　读高中的时候，学校搞了一间图书室，真让人稀罕坏了，以前听都没听说过。图书室就一间屋，三个简陋的书架，还有一张床，统共放有四五百本书，教参教辅占了一半。听说学校要找一个学生当业余管理员，负责此事的是教地理的赵老师，我三番五次地找他，表示愿意当这个图书管理员，给同学们服务。精诚所至，金石为开，我终于谋得美差，得以穿行于那么多书中间。别的同学只能借一本，我愿意看几本看几本。《中国古代史》《李白与杜甫》《唐诗三百首》《宋词一百首》等书就是那时候读的。

　　真正过书瘾还是读大学时，河南大学图书馆藏书丰富，有本领你就读吧，读不完。我一个人拿着几个同学的借书证，一次可借十多本。那时每天写的日记，就是读书流水账，记的是一本书什么时候开始看的，什么时候看完了，有些什么样的读后感。这样的日记有一个好处，督促你读书，督促你快读书。

　　参加工作后，有工资了，多少可以省些钱买书了。书越积越多，先是放在纸箱里，后来就有了书架，后来就有了很多架书。由于住房狭窄，一直就盼望有个专门放书的地方，也好让我的书团聚一下，不再分居几处。今夕是何夕，多年的愿望竟然变成了现实。

有个像样的书房，对读书人来说是好事。但是，古往今来有几个人是因为书房大才做出大学问的呢？偏偏有些人的学问是在亭子间、在阁楼上做的。做不做学问先不说，有此宽敞明亮的书房，闭门卧游山水、对晤古今，不失为人间一大乐事。

好多名人的书房都有自己的斋号，我不是名人，也不想要斋号。那些有斋号的朋友问起此事，我随口答道："左岸。"

朋友说："左岸该是个地名，书斋也叫左岸？"

我说："是地名，龙子湖左岸，我的书房就在龙子湖左岸。"

朋友莞尔，说和左岸有关系的东西倒不少，喝的有左岸咖啡，穿的有左岸服装。最著名的左岸在法国，当地人把塞纳河北岸叫右岸，那里有很多高档酒店和华丽商场；把塞纳河南岸叫左岸，那里集中有高校、书店、出版社、剧场、美术馆、博物馆，当然还有咖啡馆、啤酒馆，早年在那里散步，说不定就撞上了海明威、萨特或毕加索，那是诗人和作家的天堂。

我问朋友："这事儿弄大了，你说我这左岸叫得叫不得呢？"

朋友伸出大拇哥："叫得，完全叫得。"

我说:"老兄,别忽悠我了,喊你到左岸喝酒,你知道来我书房就行了。"

疏懒是我的秉性,啥事都是多一事不如少一事,可一下子弄了个这么大的书房,寻常又浪得个好读书的虚名,要说给自己的书房起个斋号,附庸一下风雅,也没什么大不了的。可是书房里有几架书不错,但没有什么善本珍籍,更没焦尾越剑,学问做得比半吊子还半吊子,憋半天硬生起个名号,俗了惹人笑话,雅了更惹人掩口,难矣哉!顺口说个地名应差,不想经人一批讲,我马上心虚冒汗。开弓没有回头箭,左岸就左岸,反正你跑右岸找不到我。

君来一鸿儒,笑我似白丁。

汉书浮大白,宋词佐小盅。

湖水送清凉,夜月散朦胧。

相见杯频举,欢乐有皤翁。

于斯为盛

岳麓书院有一副很有名气的对联：惟楚有材，于斯为盛。全联的意思是：楚国真是出人才的地方啊，这里更是英才会聚之地。

龙子湖大学城是河南最大的高校园区，占地面积22平方公里，有15所高等院校，20万名大学生，称得上"惟豫有材，于斯为盛"了。

河南大学的龙子湖校区，坐落在贾鲁河畔，古色古香的校园建筑，诉说着这所百年老校的辉煌历史。往南走不远，就是另一所百年老校河南农业大学，校园里的欧式建筑，不显丝毫土气，倒透着些洋气。农大隔壁是河南牧业经济学院，是由郑州牧专和河南商专合并组建的普通本科高校，以牧业经济为主是其明显的办学特色。

顺龙子湖东路往南是河南警察学院，是培养公安干警的本科高校，大门上镶嵌着威严的警徽。警察学院南隔壁是河南财经政法大学，由河南财经学院和河南省政法管理干部学院合并组建，是以经济、管理和法学学科为主的本科高校。顺龙子湖南路往西走，是河南司法警官职业学院，一所专门培养司法干警的高等职业学校。

龙子湖南路路南，还有河南中医药大学，是河南以中医药学科为特色的高等学校。再往西是华北水利水电大学，是国家水利部和河南省共建高校，是河南唯一具有硕士研究生单独招生资格的高校。龙子湖西路路西，是郑州航空工业管理学院，是国家民航局和河南省共建高校，是一所以航空为特色的高校。

河南职业技术学院，位于博学路路西，是国家示范高职院校。河南经贸职业学院，位于博学路路东，是河南省首批示范性高职院校。河南开放大学，就是原来的河南广播电视大学，位于龙子湖北路路北，现代管郑州信息科技职业学院。

河南财政金融学院，位于龙子湖北路路北，是由河南财政税务高等专科学校和河南教育学院合并组建的普通本科高校。郑州工程技术学院，位于金水东路路北，是由多所学校合并组建的普通本科高校。位于明理路路西的河南省社会主义学院，是统一战线性质的政治学院，同时还是河南省中华文化学院。

在龙子湖畔，到处都能看到三三两两的学生，时刻提醒你这里是大学城。路旁树下，有学生在看书学习，有学生在切磋学问，整个龙子湖就是一座硕大无比的高等学府。一批批学子走来，一批批人才走出，他们走向全国，走向世界，去开辟新的天地。

嵩山书院

嵩山书院临湖，建筑古色古香。

山门上嵌有嵩山书院匾额，进门有一照壁，上书"推云见月"四字。照壁背面书有张载四句教："为天地立心，为生民立命，为往圣继绝学，为万世开太平。"

院落不大，但洁净清爽。院内有几株桂树，还有一株榴花正红的石榴树。石榴据说是张骞从西域带回来的，书院内植石榴，没在别的书院见过，莫非表示要结出丰硕的文化果实？

正院坐落着一栋三层小楼，白墙灰瓦，显得朴素端庄，很有些书卷气。一楼左侧有洙泗堂，右侧是几位知名学者的工作室；二楼左侧有立雪堂，右侧有春风堂；三楼有个可容纳二百多人的大教室，名二程堂。

右跨院有藏书楼、澄心阁。左跨院有清莲斋、忧乐亭。

绿树掩映，四季有花，曲径通幽，流水潺潺，堪称问学求知、博学明理的好去处。

嵩山书院是由嵩山论坛牵头举办的。嵩山论坛是国际知名高端文化论坛，以华夏文明与世界文明对话为主线，每年设置不同论题，聚集世界各个文明领域的专家学者，共同研讨全球发展面临的问题，共同探求构建人类命运共同体的出路和对策。传承创新中华传统文化，是创办嵩山书院的初衷，也是目标，嵩山书院的创办为办好嵩山论坛提供了有力襄助。华夏文明博大精深，有必要摸清家底，追求守正创新，才能让华夏文明更好地与世界文明开展广泛而深入的对话，交流互鉴，让中国多了解世界，让世界多了解中国，共同创造人类文化繁荣、文明昌达的未来。

嵩山书院举办有年，不断邀请名师名家授课，给郑州市民送上一道道文化大餐，如杜维明、王蒙、刘梦溪、沈昌文、葛剑雄、唐晓峰、余世存等，都给大家留下了深刻印象。

宋代四大书院，河南有二：一是嵩阳书院，一是应天书院。如今郑州大学正在成立嵩阳书院，应天书院在商丘，全省各地还成立了不少书院，嵩山书院立志和省内外书院共同努力繁荣书院文化。

龙子湖是大学城，已有十五所大学落地，嵩山书院作为传统办学形式的载体，和现代大学同处一区，同耕一地，也是对龙子湖大学城的丰富助益，给莘莘学子多一处赓古续今、增广见闻的场所。

嵩山棋院

嵩山棋院在龙子湖一个小岛上，三面环水，幽静异常，应该是仙人对弈的地方。

历史上最著名的棋局在荥阳，在鸿沟，当年楚汉相争，项羽和刘邦隔鸿沟对峙。项羽本占优势，但竟以失败告终，道尽了势无常势、胜无常胜、败无常败的道理。所以就有了象棋，有了象棋上的楚河汉界。两军对垒，胜负难料，看的是后天的努力和运作，真可谓一招胜招招胜，一步错步步错。红先黑后，只不过是个游戏规则，决定胜负的还是自己，怨不得别人。荥阳是象棋之都，是象棋的故乡，你可以争其他名人名地，你不能争象棋。

围棋相传是尧帝发明以教儿子丹朱的，也有说是舜帝发明以教儿子商均的，总之是历史非常悠久。嵩山棋院里，倒是下围棋的多，下象棋的少。

孔子说："饱食终日，无所用心，难矣哉！不有博弈者乎？为之犹贤乎已。"意思是，你有时间下下棋，也能够启思增智，比吃饱了什么都不干要好。

《孟子》中讲了一个故事："今夫弈之为数，小数也。不专心致志则不得也。弈秋，通国之善弈者也。使弈秋诲二人弈，其一人专心致志，惟弈秋之为听；一人虽听之，一心以为有鸿鹄将至，思援弓缴而射之。虽与之俱学，弗若之矣。为是其智弗若与？曰：非然也。"孟子告诉人们，学习要专心致志，三心二意是学不好的，这一点说给附近的大学生们是有益处的。

东汉马融有《围棋赋》："三尺之局兮，为战斗场；陈聚士卒兮，两敌相当。"他是把棋局看成战场的。历史上有不少杰出军事家，同时也是棋艺高手，上马可杀敌，对坐可布兵。新中国的陈毅元帅也是这样的风流儒将。

1959年，河南安阳隋代张盛墓出土有瓷质围棋盘，纵横各十九道，可见当时围棋已相当成熟，和现今流行的棋式一样。

河南是围棋的重要发源地，河洛文化是围棋产生的重要思想渊源，历史上河南一直是围棋重镇。新中国成立后，河南围棋的发展成就也可圈可点，走出了围棋国手刘小光、LG杯世界冠军时越。为了继承发扬传统文化，少林寺还成立了少林棋院。

嵩山棋院是一批围棋爱好者自发成立的道场，目的是为爱好者提供切磋交流场所，传播围棋知识，普及围棋文化，助推河南棋类事业发展。

棋院的院落不大，但紧凑雅致，环境宜人。进门碰到李主席，他可是围棋高手，领队出访过日本、韩国。他把大家领进会客室，室内窗明几净，杯盏停当。落卒甫定，即有伶俐小童斟上茶来，氤氲茶香缭绕而至，顿觉市嚣远去，心跳先缓了几拍。大家说起话来，不像刚才在院里那样喧闹，不自觉放慢了语速，静听别人把话说完，才接住话头字斟句酌地说些想法。

"河南的围棋原来在全国也是有地位的，近些年似乎落后了，沉寂了。我们这些业余爱好者，心里是不甘的。"

"听说省体育部门是很重视的，确实应当好好抓一抓。"

"省体育部门抓是一个方面，这和乒乓球一样，专业、业余一齐上才行。"

"你说的我赞成，只有参与的人多，才能形成气候，才能发现人才。"

"需要多组织些赛事活动，不断打仗才能学会打仗。"

"打仗需要花钱，你们这些企业家，本身爱好围棋，往这儿捐钱往那儿捐钱，也应该给围棋捐点钱。"

"这个棋院，就是在座的几位企业家捐钱建的，可不是找财政要的钱。"

"噢，那要好好感谢几位，你们做了件大好事。"

"这算什么，只要河南的围棋能上去，我们愿尽绵薄之力。"

李主席说："今天请你们来，就是想听听诸位的高见，既然大家都热心这项事业，都愿意贡献一份力量，我们就共同努力，不愁河南围棋上不去。"

众人报以热烈掌声，小岛像一艘战舰，将要起锚远航了。

豫　庄

豫庄以经营豫菜出名。

河南地处中原，八面来风，荟萃百家，全国稍有点名气的菜品，都能在郑州安家，都能在郑州找得着，都能品尝到。川菜、粤菜、鲁菜、湘菜、苏菜、浙菜、闽菜、徽菜，郑州有；孔府菜、客家菜、潮州菜、淮扬菜、杭帮菜，郑州有；云南米线、陕西泡馍、沙县小吃、新疆拉条、重庆火锅，郑州有。河南人有一副好肠胃，似乎什么都来得，这一点真不知哪里人能比。

如果要讲烹饪文化，河南可是源远流长。人们在茹毛饮血的年代，衣不蔽体，食不果腹，何谈烹饪？只有在发明了火和一定的器具后才有可能烹饪。能用于蒸煮的最早器具是陶器，然后是铜器，最后是铁器。新郑裴李岗出土的陶器距今有8000年左右，渑池仰韶村出土的陶器距今5000年左右，可以说那时已徐徐拉开了中国烹饪文化的大幕。《左传》记载"夏启有钧台之享"，这是中原历史上最早的宴会，地点在河南禹州。夏朝的末代帝王桀，吃菜讲究南北兼味，可见当时烹饪已发展到一定水平。商代以青铜器闻名，正如生产工具促进生产力发展一样，青铜炊具的出现，同样促进了烹饪技术的发展。商代最后一个帝王纣，曾有"酒池肉林"之讽。周灭商后，周公按武王遗愿，营建洛邑，也就是今天的洛阳，西周洛阳是陪都，东周洛阳是首都。据有关专家考证，周代宫廷饮食制度已条理清晰，分工明确，设22个职能部门，208个官员，有2000多个操作人员。汉代洛阳、南阳、安阳都是大都会，肯定引领着全国烹饪的潮流。新密打虎亭汉墓出土的宴饮壁画，场面之盛，令人叹为观止。三国时期洛阳是魏都，南北朝时期，洛阳一直做国都。隋炀帝以洛阳为中心，开通了大运河，天下物产，莫不云集。唐代洛阳是东都，武则天时期更名为神都。宋代以开封为国都，饮食之盛，孟元老一部《东京梦华录》，张择端一幅《清明上河图》，让人有说不尽的繁华、道不尽的回味。

金人南侵后，徽、钦二帝被掳，宗室皇族、达官显贵、文人墨客、百工伎艺大都流落江南，搞得"只把杭州作汴州"，当然高端的烹饪技艺也随之南迁。

伊尹是空桑（今杞县葛岗镇空桑村）人，商朝开国元勋，号称中华厨祖，死后葬于今河南虞城谷熟镇魏崮堆村。伊尹认为，烹饪首先要认识原料的自然属性："夫三群之虫，水居者腥，肉獲者臊，草食者膻。臭恶犹美，皆有所以"；其次要观火候："五味三材，九沸九变，火为之纪，时疾时徐，灭腥去臊除膻，必以其胜，无失其理"；再次要重调和："调和之事，必以甘、酸、苦、辛、咸，先后多少，其齐甚微，皆有自起。鼎中之变，精妙微纤，口弗能言，志弗能喻"；最后，烹饪出的菜肴，要"久而不弊，熟而不烂，甘而不哝，酸而不酷，咸而不减，辛而不烈，澹而不薄，肥而不腻"。伊尹又把高超的烹饪理论和治国理论融为一体，这才有了后来老子的"治大国若烹小鲜"之论。

中国烹饪理论的核心，可以概括为"中和"，这又何尝不是中华传统文化的核心、华夏文明的核心呢？这个核心的代表区域是中原，是河南。何谓"中"？东西南北中，"中"是指河南。九州之中，中州即豫州，是河南。东西南北中五岳，中岳嵩山，在河南。东西南北中五域，中土是河南。红黄蓝白黑五色，南方红，东方蓝（青），西方白，北方黑，黄是中央，是河南，所以轩辕称黄帝。总之河南是"天下之中"，河南人说话也是满口"中""中中""中中中"。古语云"得中原者得天下"。你中就是中，不中就是不中，故中国烹饪理论讲究"中",讲究适中。"和"是指五味调和,酸辣苦甜咸各得其利,这便是"致中和"。可以说豫菜的根本原则就是"五味调和",不像陕西的肥、山西的酸、四川的麻、湖南的辣、广东的生猛、淮扬的精细,是没有特色的最大特色。

光说没有用,我们今天就去豫庄品尝道地豫菜。豫庄离我书房不远,不用坐车,步行十来分钟就到,让大家一饱口福。

太格茂

湖心岛上有个局外·太格茂。太格茂可能是外语的音译，不知本意是什么。那么局外呢？进去是局外还是出来是局外呢？整不明白，反正这名字有点怪怪的。

我想它应该是个商业综合体吧，是年轻人爱去的地方，岛上是年轻人的天下。

有一天我从里边穿行一次，没留下什么深刻印象，就是人多，挤挤攘攘，净是年轻人。有的拎着购物袋，有的手里端着杯咖啡，走着喝着。有几个男孩一起的，有几个女孩一起的，有小情侣相挽的。没有看清都是卖啥的，就赶紧出来了，生怕有人问我，你这老头儿跑这儿干啥？

我在湖边散步，每次都经过太格茂大厦，觉得它的形状也有点怪怪的，不知为什么总让我想起中央电视台。你说那是两片船帆？不是。你说那是两片贝壳？不是。你说那是两片枫叶？不是。你说那是两只企鹅？不是。不确定的事，你就任意想吧，说不定人家要的就是这个效果。

太格茂到了晚上，可是美轮美奂。据说太格茂的照明设计是拿过全国大奖的。

每当夜幕降临，太格茂以三分钟的"绽放之花"开启浪漫温馨之夜，大厦顶端的蓝白色光逐渐演变为玉龙雪山，大厦立面跳动着北极光的魔幻色彩。整体看像朵盛放的莲花，如果站在湖对面，能看到湖水中太格茂的倒影，绚丽多彩，天上人间。太格茂晚上也营业，想那内部的灯饰也一定五彩缤纷，因为我一直在局外，局内的情景就只有想象了。

张东是我的小老乡，在湖心岛上班。一天他来书房看我，我问张东是否经常去太格茂，他说经常去，说那里边空间很大，有六层，卖啥的都有，有吃的有喝的，有看的有玩的，商品琳琅满目，不出太格茂就能满足各种生活所需。

张东还告诉我，晚上太格茂门前有各种小吃，也是年轻人时常光顾的地方。他说，同学同事，晚上凑一起喝点小酒，今天你结账了，明天我结账，也花不了几个钱，手机一扫的事，就是有点耽误时间，闹到半夜。我们在那里挥洒青春，你却在左岸看书学习。要说你已经退休了，已经功成名就了，该是享受生活的时候，我们年轻人应该吃苦奋斗才是。我告诉张东：你说的有一定道理，年轻人不能不玩，也不能光玩。我们年轻时候能吃饱就不错了，也没玩的条件，你们赶上好时代了，该玩就玩，该干也得铆上劲儿干，干成一番事业才是正事。张东说：听叔的话，今后要把精力、时间多用在工作、学习上，不然也对不住叔的关心呀。我说：我们年轻时候郑州也没有太格茂这样的商业综合体，即使有我们也消费不起。

我羡慕张东他们这一代年轻人，祝他们的青春，像太格茂的灯光一样光辉灿烂。

钟书阁

我是一个看见书店就想进去转转的人，并不是标榜我多么爱读书，就像一个打麻将上瘾的人，那是听不得麻将响的，听到就想进去摸两把。

不管到哪个城市出差办事，我总要挤点时间去逛书店。若是碰巧买到了几本称心如意的书，心里那个滋润劲儿就别提了。要是一下子买到了几本十几本，哪怕几个小时挑书下来，眼涩喉燥，腰酸腿疼，也高兴莫名，好像庄稼人风吹日晒忙碌了几个月，看到收获了满囤溜尖的粮食，那劳累算什么，那劳累早忘光了。

我在岛上散步时，忽然看到太格茂大厦一楼有个钟书阁，惊喜不迭。钟书阁不是在上海吗？我去过，惊讶于现在的实体书店办得真漂亮，钟书阁号称是上海最美书店，那次我一口气挑了很多书。郑州也有钟书阁了，就在湖心岛，就在太格茂，离我的书房又这么近，今日不进去，又待何时？

钟书阁匾额和上海的一样，说明这是上海钟书阁的连锁店。进得门来，新颖别致的设计，依稀令我回忆起上海钟书阁的情景。说实话，书店环境设计对我来说不怎么紧要，我是冲着书来的，有没有阅读区域，提供不提供餐饮，我不在乎，因为我没时间坐在这里阅读，也没时间坐在这里喝一杯咖啡耗半天。但是岛上的大学生需要这些功能，恰好钟书阁都有。

我喜欢的是琳琅满架的书，钟书阁的书是以文史哲为主，正合吾意。刚进去不大会儿，手机响了，司机给我带了早餐，说就在门外，让我趁热吃，我让他等一会儿。有些书真是我久觅而不得的，钟书阁竟然送到了门上。

司机进来找到我，说："该走了，不是跟一个朋友约十一点见面吗？"

"打电话给他，改到下午见。"

"早饭都凉了，多少吃点再挑吧。"

"中午一块儿吃。"

司机知道我的毛病，不再说话，跟着把我挑的书归拢归拢。最后看了看表，快十二点了，才又催道："走吧，再不走午饭也误点了。"

"好，马上走，最后几架了。"

"挑不完不要紧，离书房这么近，随时都可以来挑。"

"好，你把那些挑好的，先拿到结款台去。"

我把最后几个书架粗粗看一下，又选了几本书，这时感到真的有些累了，真的有些饿了。

司机说:"总共1240元,和那次去上海钟书阁买书的价钱差不多。"

我说:"好,那是跑到上海,这是在家门口,心情不一样。"

营业员问邮寄不邮寄,我说不邮寄,我和司机每个人掂了两捆就走。营业员有些不解地望着我俩,可能是说,这么多钱都花了,一点邮费倒省着。

竹榭

知远湖南岸有一处水榭，建在突入湖水的台地上，因多植翠竹，看上去凤尾森森，绿气氤氲，故呼之竹榭。

多植竹不代表全是竹，拐角处还有一些其他灌木，水里还有茂盛的香蒲和芦苇。对望过去就是明伦桥了，两根高大的白色拉线柱，像一对象牙，朦胧间有一头巨象行走在大地上。

竹榭建得非常简约，只用一些高低不一的花格木墙隔成曲折游廊，廊下置有宽大木椅，供人们歇息聊天，不走到竹榭门前，很难看出里面有建筑。经常有人在里边练习乐器，那乐声似从竹林深处飞出，真有些王维《竹里馆》的诗意了："独坐幽篁里，弹琴复长啸。深林人不知，明月来相照。"

湖畔种竹之地不止一处，此处最佳。我散步累了，时常赶到这里小憩，风动竹摇，很快落汗。有兴趣晚上来这里坐坐，更能体会到幽静无尘。远处明伦桥的霓虹灯映在湖里，水上一座彩桥，水下同样一座彩桥对映着，桥上的车灯，疾如流星闪过。如有明月当空更好，月光如水，竹影斑驳，觉得月轮比明伦桥更近，市声更远。

"宁可食无肉，不可居无竹。"中国人，特别是中国文人士大夫，对竹子的热爱，称得上铁粉，他们给竹子的品性赋予了丰富的文化内涵。经年常绿，那是清正廉洁；竹竿通直，那是守正不阿；中腹空心，那是虚怀若谷；环环竹节，那是高风亮节；宁折不弯，那是坚韧刚毅。人与竹，相遇相知，相守相伴。竹遇人，竹得以绿遍山冈，绿遍庭院；人遇竹，人得以清凉纳汗，修养品性。白居易《养竹记》赋予竹子"本固、性直、心空、节贞"四德，刘岩夫《植竹记》赋予竹子"刚、柔、忠、义、谦、常"六德，使竹子有了完美的君子形象。

竹子是人们从古至今歌咏的美好意象，从黄帝时的《弹歌》，到舜帝时的斑竹，到汉章帝时的《孝竹》，到晋代的"竹林七贤"，到宋代文天祥的"留取丹心照汗青"，到元代吴镇的《雪竹》，再到清代郑板桥的墨竹，上下五千年，纵横三万里，似乎都有绿竹猗猗。

竹子曾剖身作简，承载了中国几千年文化；曾碎身化纸，书写了中华无数典籍；曾断身作乐，箫呀笛呀，笙呀竽呀。但竹子并不是一味高蹈，济江河时以筏作舟，居家常时琐碎日用，篮呀筐呀，椅呀凳呀，筷呀笼呀，签呀篦呀，无竹简直无法生活。

平常人爱吃竹笋，国宝大熊猫爱吃竹子。人

不吃竹笋少一味好菜；大熊猫无竹子吃，国宝不宝。

竹子常绿，竹叶通过光合作用，可以吸收大量二氧化碳并排出氧气，氧气是人类宝贵的自然资源。竹子对促进人与自然的和谐共生，发挥了难以估量的作用。有空来竹榭里坐坐，多亲近亲近竹子，可涤去身上俗气。

春 华

春华街不长,南到龙子湖北路,北到文苑北路。路东是河南农业大学,路西是河南牧业经济学院。春华街很僻静,人少车稀,经常有驾校的学生在路上练车,车速缓慢,一副彬彬有礼的样子。

我经常在春华街散步,一是喜欢它的路平人静,不像那些热闹街道,熙来攘往,不是担心别人撞住自己,就是担心自己撞住别人。人行道是用砖铺的,平平展展,每天都打扫得干干净净,走在那里清爽。二是喜欢路两边的七叶树,树干挺直,树冠阔展,叶大如掌,开白色花,花穗像一柄柄蜡烛,结橄榄球状的果实,黄褐色,叫娑罗子,可食可药。

七叶树又叫娑罗树,和佛教有着很深的渊源。

古印度有一条希拉尼耶底河,岸上长有大片茂盛的娑罗树。释迦牟尼八十岁时,有一天到希拉尼耶底河里洗了澡,然后走进岸上的树林,在两棵高大的娑罗树下,铺上干草和树叶,并将袈裟铺在上面,头北脚南,面向西,枕右手,涅槃升天。卧佛就是释迦牟尼圆寂像,因此寺院内多植七叶树,如北京卧佛寺、杭州灵隐寺都生长有上千年的大七叶树。

相传北京卧佛寺的娑罗树,是建寺时从印度

移来的，三世殿内有一尊大卧佛，故在殿外种植两棵七叶树，以示纪念佛祖涅槃之意。其实北京还有不少寺院有七叶树，如潭柘寺、碧云寺、大觉寺、灵光寺、香界寺、普照寺。七叶树就是佛家的标志，是佛家的身份树。

据《灵隐寺志》记载，灵隐寺的七叶树，是开山祖师慧理法师亲手种植的，算来已有一千六百多个寒暑了，至今仍旧生机勃勃，成为镇寺之宝。

还有一个说法，印度王舍城有一岩窟，周围长满七叶树，所以叫七叶岩，或叫七叶窟、七叶园，是佛祖居住和讲经说法的地方。佛祖涅槃后，弟子们第一次在七叶岩结集，追思佛祖，统一佛经，可见七叶树对佛教有着重大的意义。

中国文人钟爱七叶树，欧阳修在《定力院七叶木》诗中写道："伊洛多佳木，娑罗旧得名。常于佛家见，宜在月宫生。"康熙帝在《娑罗树歌》中写道："娑罗珍木不易得，此树惟应月中植。"卧佛寺乾隆皇帝诗碑云："七叶娑罗明示偈，两行松柏永为陪。"

印度伟大诗人泰戈尔喜欢坐在七叶树下写诗，有"我要摇荡在七叶树间荡秋千的你，傍晚的月亮将竭力透过树叶来吻你的衣裙"的优美诗句。

陕西宜君县太安自然保护区有一株七叶树，传说是玄奘法师从印度带回来的，经过四年枯萎后，又奇迹般焕发生机，结下三百多颗娑罗果。树冠有六百平方米，树干两人不能合抱。

七叶树集多种观赏价值于一身，看形，看叶，看花，看果皆可。花开时节，我建议您来春华街看看，当然也可以双手合十，面对七叶树默念两声阿弥陀佛。

秋　实

龙子湖到处都能看到银杏，湖堤上有银杏，行道树中有银杏。但要论纯然一色，不能不说秋实街，街道两旁只栽银杏，不种别树。

秋实街路北是河南警察学院，路南是河南财经政法大学。

银杏树，因果实白色，也叫白果树；因为从栽植到结果需要很长时间，公公种下，孙子才能见到果实，故又叫公孙树；因树叶形似鸭掌，又叫鸭脚树；因树叶看上去像一把把小扇子，故又叫蒲扇。宋初，民间进贡鸭脚树，皇帝认为名字不雅，改称为银杏。

银杏树干高冠大，形体俊朗，夏绿秋黄，不生虫害，能抗风滞尘，是理想的行道树和园林绿化树种。

银杏是有名的长寿树，贵州福泉有一棵大银杏树，树龄大约在五六千年，都上了吉尼斯世界纪录。河南商丘有一棵银杏树，据考证是西汉梁园遗物，高大威武，遮天蔽日。人们常把银杏和松树、柏树、槐树并列为四大长寿树种。

我国园艺界常把银杏和牡丹、兰花并称为园林三宝。植物界称银杏是活化石，因为它是新生代第四纪冰川时期的孑遗物种，是银杏类植物在地球上存活的唯一树种。

我国人民历来尊崇银杏，视其为神树，郭沫若称银杏是"东方的圣者"。

现在存活下来的老银杏树，多半在寺庙宫观。银杏材质坚硬细腻，不损不裂，佛家多用来雕刻佛像，开封大相国寺的千手千眼佛，就是用高大银杏木雕刻的。

银杏树最好看的季节是秋天，一树金黄，飒然有声，叶落如舞，满地铺金。走在落叶上，会发出均匀的嚓嚓声，如入童话世界。银杏叶落在绿篱上，像一只只黄蝶；落在雪松上，像绽放出的黄花；落在草坪上，点丑成画；落在路径上，随风滑飞如雀。

白果可食。白果的壳是白的，白果的果肉是黄的，和秋天的银杏叶一样颜色。白果可炒可烤，可蒸可煮，但不能多吃，常说好物不可多用。中医认为，白果可以敛肺气、定喘咳、缩小便、止带浊，还有美容除皱、保护脑细胞的功效。

银杏还被人们视为科第吉兆。相传明正德年间，徽州歙县人唐皋，一生考试九次，最后一次才中了状元。第九次赶考时，走到本县黄潭沅村，忽然看到白果树开花了，朋友认为是吉兆，唐皋果然金榜题名，高中状元。唐皋回乡后，先感谢了朋友，又专程到黄潭沅村祭拜那棵银杏，并撰文立碑。此后，乡人赶考前，都来祭拜一下这棵银杏。当地人勉励年轻人刻苦读书，就说"白果树等花开"。

在鲁菜的孔府菜系中，有一道名菜叫"诗礼银杏"，据说色香味俱佳。孔老夫子讲学的地方就叫杏坛。顾恺之的《洛神赋图》中，绘有二百来棵银杏，是洛神出没的华林，可见银杏的高贵。

河南新县被誉为"银杏之乡"，百年以上银杏树尚存4500多棵，羚锐制药还把银杏叶加工成了银杏叶茶和银杏叶片。这些都有很好的养生保健作用。

银杏的叶子一柄两片，所以人们把银杏看成爱情的象征。两颗心紧紧依偎在一起，不离不弃。

冬　勤

冬勤街路东是河南财经政法大学，路西是河南司法警官职业学院。冬勤路两旁种植的是香樟，香樟可是令人喜欢的佳木。据说郑州是种植香樟最靠北的城市，过了黄河香樟就很难成活了。即使在郑州想要栽活、种好香樟，也需要精心管理，多加呵护。

樟树树形雄健，枝叶茂密，有很强的吸烟滞尘、净化周遭环境的能力，是不可多得的行道树种。

樟树开黄绿色花，结紫褐色果球，可以存活成百上千年。在我国南方，有不少参天古樟，见证着世事沧桑。

你别笑话我见识短，在我们老家豫东平原上可没樟树，我关于樟树的知识是从樟脑丸开始的。樟脑丸又叫卫生球，乡供销社有卖。农家有几本书，不是放在书架上，因为根本没有书架，而是放在箱子里，勉强可以称作书箱。要想书不生虫，可往箱里放置几枚樟脑丸，开箱子时会有股刺鼻的气味迎面扑来，很不好闻。人不好闻，蠹虫也不喜闻，所以不生虫。那时知道，这樟脑丸就是从樟树叶子中提炼而成。

把樟脑丸放在衣箱衣柜里，不生虫，也不会损坏衣物。要是能用樟木做成衣箱衣柜，就再好不过了，连樟脑丸也不用放，自带防虫功能。过去在我们老家，谁家嫁闺女能陪送个樟木箱子，要传得十里八村的人都知道。

樟树木材上有许多纹路，寓意大有文章，于是就在章旁加木为名，称樟树。传说学生坐在樟树下读书，能写出好文章来。

樟树的姿态朴实无华、安静内敛、娴静优雅，其香气馥郁绵远，显得有雍容气度。扎根城市，能给人们带来一片绿荫；长于深谷，不为人知仍自淡定度春秋。

南昌古名豫章，王勃《滕王阁序》中有"豫章故郡，洪都新府"。应劭《汉官仪》记载："豫章城之南门，曰松阳门，门内有樟树，高七丈五尺，大二十五围，枝叶扶疏，垂荫数亩。""树出庭中，故人名郡。"章，即樟树。豫，乐也。豫章，即乐有此大樟也。

南宋祝穆是朱熹的学生，对樟树有癖好。晚年隐居建阳县麻沙水南，名其庐"南溪樟隐"，自号"樟隐老人"。隐居期间，著成两部文献型巨著：一是类书《事文类聚》170卷，一是综合性地理志书《方舆胜览》70卷。卒谥"文修"。

樟树是长寿之木，鲁迅先生的原名就叫樟寿。

江南的古樟多生长在偏僻农村或幽深山谷,虽有很高树龄,却少见诸文人雅士笔端,所以白居易才有"豫章生深山,七年而后知"的感喟。

樟树高华内敛、不事张扬的品格,是令人钦佩的。

姚　夏

　　姚夏路南到龙子湖北路，北近贾鲁河。初看到姚夏路的名字，以为它是和春华、秋实、冬勤相配的名字，姚夏二字的真实含义又一时参不透，一直疑惑着。后来看龙子湖地图才悟出个中道理，原来这是姚桥乡夏庄社区的地盘，省略成姚夏，真是既照顾当地，又呼应周边，不能不说是一绝。

　　姚夏路路东坐落着河南财政金融学院，路西坐落着河南开放大学，也就是原来的河南广播电视大学。名字弄明白了，近日来回走了一遭，亲近亲近。看到路两旁植柳，树干很粗，可能是从别处移栽而来，树冠尚未恢复到和树干匹配的程度。

　　柳树当然是最常见的树种之一，似不能和春华路上的七叶树、秋实路上的银杏树、冬勤路上的香樟树相提并论，可家乡有的是柳树，小时候用它编柳帽、拧柳笛，承载着说不尽的儿时乐趣。家乡可没有七叶树，也没有银杏树，更没有香樟树，如果这些都是新知的话，那柳树可真称得上旧雨。有了新知就忘掉旧雨，这可不是我的性格，所以这柳树还真想说说。

　　要说报春的花是迎春，那报春的树应该就是柳树。

春风还没怎样吹拂，柳条已经泛黄，即所谓"嫩于金色软于丝"。不几天，就黄浅绿深鼓出芽苞，压得本已垂柔的枝条更垂更柔了，就"万条垂下绿丝绦"了。又不几天，吐出茸茸柳絮了，翠叶间已闻黄鹂争鸣了。初春时节，柳树好像已先于其他树木，一笔一画把春写就了。

古人之所以赋予柳树丰富的文化内涵，正是因为它能先木报春，驱寒送暖；正是因为它随地可活，是处可居；正是因为它抬眼可见，伸手可折。

左宗棠率领湖湘子弟平定西北后，广植柳树，后人有诗赞云："大将筹边尚未还，湖湘子弟满天山。新栽杨柳三千里，引得春风度玉关。"现在到大西北，还不时能见到左公柳，抚柳遐思，令人感慨万千。

黯然伤魂者，唯别而已矣。送别是每个人都会遇到的伤情场景，送亲人，送朋友，送同学，送战友。古代交通不发达，天南地北，山高路远，今朝一为别，何时能再逢？随手从路边折下一枝柳条送上，"柳""留"同音，等于最后再问一遍，能留否？实在不能留，好在这柳树是随地可活的，到得别地把柳枝插上，相信来年就生出一片绿荫，活出别样精神来。柳条是那样柔软，恰似双方握别时的依依之情。

龙子湖岸多柳，湖边散步，微风吹动柳条，拂向肩头，扫上眉梢，送来一阵阵绿意。别忘了，去姚夏路的柳树下走走，那里路更平，人更稀，别有一番滋味。

相　济

从龙子湖西路到文苑西路,有条相济路,相济路路南是华北水利水电大学,路北是郑州航空工业管理学院。路两旁栽的是楸树,暮春开花,有粉紫色的,也有粉白色的,能把整条路装点得一派锦绣。

楸树属于落叶乔木,树干高挺,枝繁叶茂,是珍贵的园林观赏树种。《埤雅》记载:"楸,美木也……茎干乔耸凌云,华高可爱。"韩愈《楸树》诗赞云:"谁人与脱青罗帔,看吐高花万万层。"

楸树广植于皇宫、寺观、庭院、风景名胜区,北京故宫有,颐和园有,大觉寺也有。

楸树根系发达,耐寒耐旱,对多种毒气有较强抗性,可以净化空气,降低噪声。

楸树嫩叶可食,花可做菜。楸木纹理美观,质地坚韧,其密度相当于楠木,绝缘性强,耐水耐腐。楸木被国家列为重要树种,主要用于制作船舶、模型等,还可以用于制作乐器等文化体育用品。

楸树前十年生长较慢,十年后才能快速成长,大有十年磨一剑的味道。把楸树栽植在大学城中,这寓意对大学生来说,再恰切不过了。大学生在学校刻苦学习、砥砺品行,就像楸树一样在积淀营养、培本固基，最后成长为对国家对人民有用之才。

北京慈善寺每年举办楸树文化节，以民间流传的"楸树开花，带福还家"为主题，以和香制作技艺研制慈善寺专属香——"河和楸香"，打造永定河古香道文化品牌。

甘肃省庆阳市把楸树作为市树。他们认为楸树树种优良，用途广泛，高大通直的树干，优美挺拔的风姿，淡雅别致的花朵，稠密宽大的绿叶，光洁坚实的材质，很像庆阳老区人民的胸怀和性格，所以把它作为庆阳市城市形象的标志。

杜甫有首写楸树的绝句，不妨引来共赏："楸树馨香倚钓矶，斩新花蕊未应飞。不如醉里风吹尽，可忍醒时雨打稀。"你要是大学生，不忍看楸树花落，就赶快去图书馆看书吧。

时垾村

我先在湖心岛上看到了时垾街，觉得这街名好奇怪。时垾，时家的垾。垾，不是堤，也不是坝，时垾估计是个小村的名字，可好多村被城市化的大潮裹挟而去，不留痕迹，一个小村拆掉后还能保留名字，真不简单。时垾村究竟有些什么来历，数次走在时垾街上，苦寻不出究竟，只能一直存疑。

龙子湖东路路西有个碑楼，碑楼里镶有两块石碑，因为有灌木丛隔住，人迹罕至。看那碑楼年代较近，我武断猜想那是两通捐资碑，因为修路或是建学校，你出三千，我出两千，立碑记之。我实在无意贬低此类善行，只是觉得见得多了，没有特别珍贵之处，就一直没走到跟前看个仔细。

近期我对龙子湖的事留心起来，想把两块碑看个究竟，便拨开灌木草丛，走到跟前，发现碑上记载的是时垾村的变迁史，真令我欢喜莫名。

据碑文记载，时家先祖可是有些来历的。初祖时彦，开封人，宋神宗己未科状元。时彦少年聪敏好学，中状元后，授颖州判官，入为秘书省正字，累官至集贤校理。徽宗时，曾为开封府尹，当时京城开封盗贼横行，治安混乱，时彦治下，城邑宁静，盗贼敛迹，遂迁工部尚书，又转任吏部尚书。时彦工诗词，《全宋词》收录有作品《青门饮·寄宠人》：

> 胡马嘶风，汉旗翻雪，形云又吐，一竿残照。古木连空，乱山无数，行尽暮沙衰草。星斗横幽馆，夜无眠、灯花空老。雾浓香鸭，冰凝泪烛，霜天难晓。
>
> 长记小妆才了，一杯未尽，离怀多少。醉里秋波，梦中朝雨，都是醒时烦恼。料有牵情处，忍思量、耳边曾道。甚时跃马归来，认得迎门轻笑。

明清两代，时家仍有清廉官宦载籍。时家先祖大应，于1801年前后迁来此地，由于地势低洼，开荒时修有土埂，遂名时埂。

为配合龙子湖大学城建设，2008年时埂村土地被征用，全村迁入新社区，归属龙子湖街道办事处。

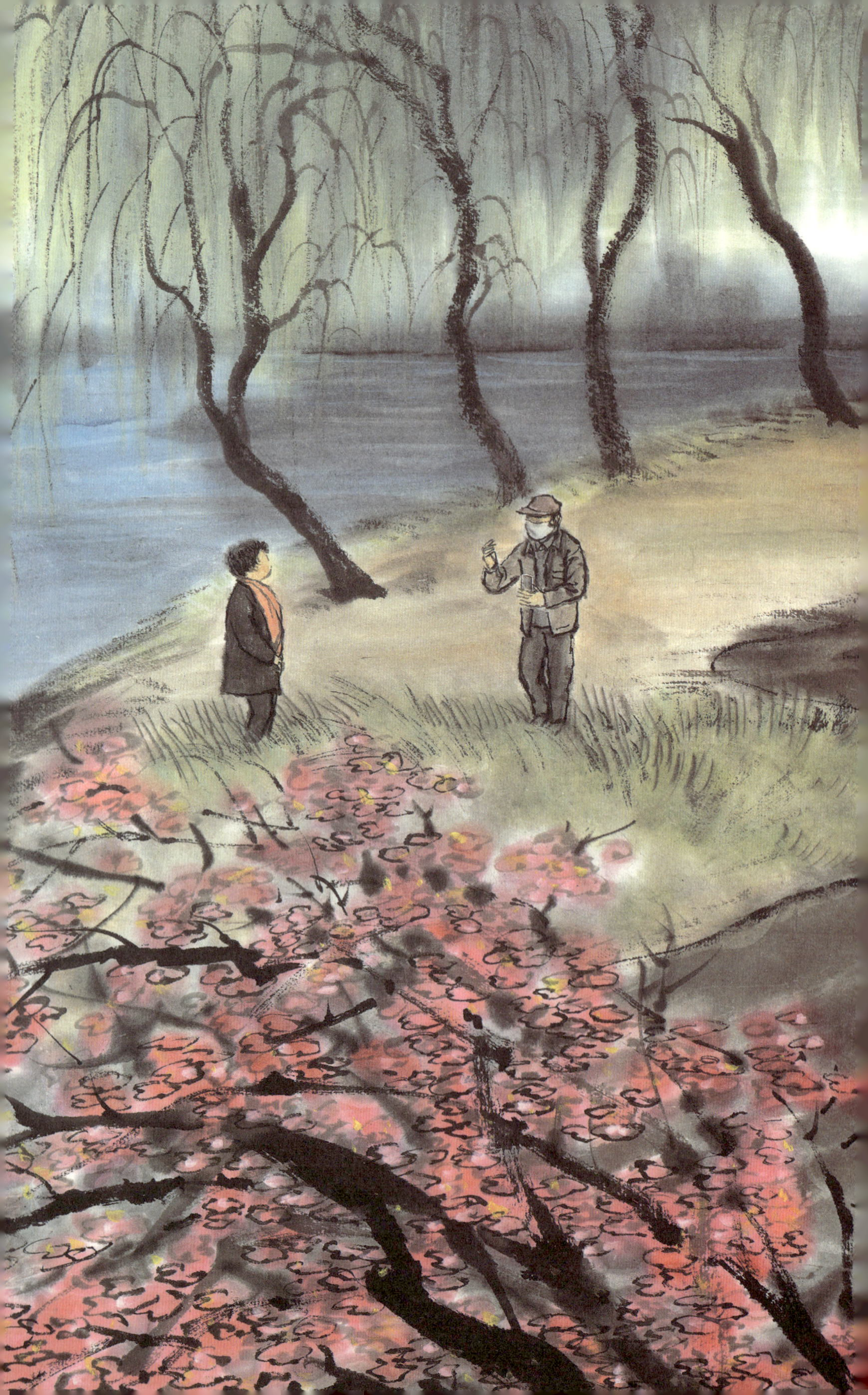

卷贰

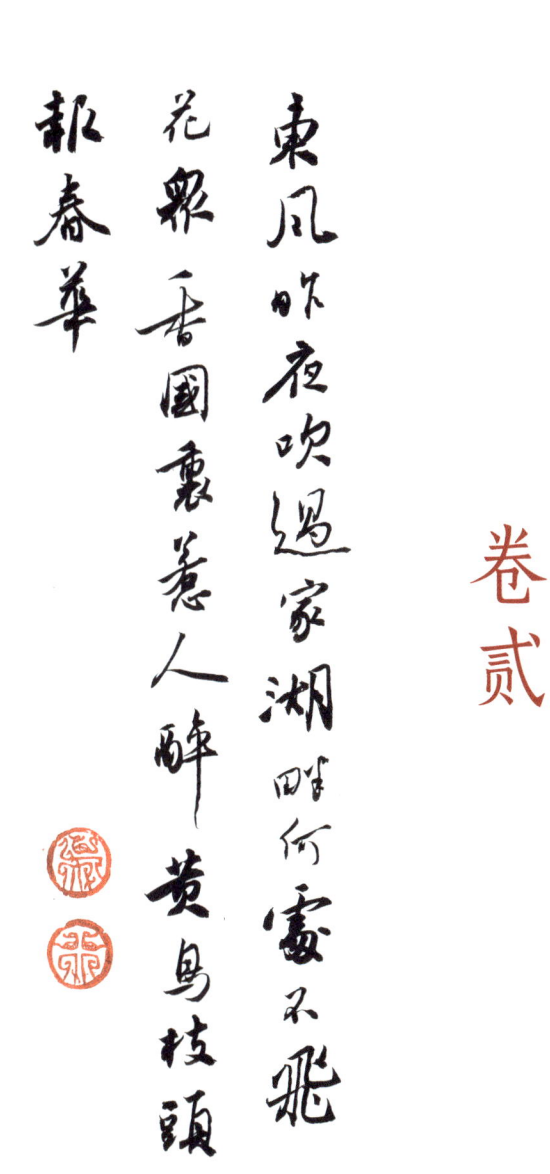

东风昨夜吹过家湖畔何处不飞花众香国裏惹人醉黄鸟枝头报春华

春花烂漫

春天的龙子湖，就是花的海洋。

刚到立春节令，迎春花就开始绽放了。柔软的枝条，密密地错综交织在一起，抵御了一个冬天的风霜雨雪，等到春天的号角一响，立即抖擞精神，擎出繁星似的花朵，金光灿灿，在大地上铺展一派春意，认真地担当起向人间报春的使命！

连翘的枝条比迎春硬朗，有些直直挺起，紧随迎春绽放出黄花。连翘花开满枝，散发着淡淡的药香，既可观赏，又可入药，还可制茶。民间传说她可是药圣岐伯的孙女。

白玉兰是先花后叶，春气一动，满树丽硕白花，加上树干高挑挺拔，总让人想起白裙飘飘的时装模特。过去我在河南农业大学工作时，办公楼前有十几株高大的白玉兰，花开繁盛时，正值学生春季开学，三三两两的学生，有说有笑地走在白玉兰树下，花耶？人耶？都散发着春天的气息。

湖边也有紫玉兰，就是辛夷。因为绽放前形状像管毛笔，所以又叫木笔。这是春天送给大学生的特殊礼物。紫玉兰花色内白外紫，香气馥郁。

最惹眼的是山桃，夭夭灼灼，绯云蒸腾。在湖边散步，抬眼就能看到一大片山桃正开，场面阔大，气势不凡。山桃花有红色的，有粉红色的，还有白色的。

日月湖北岸有几片朱砂梅，它又叫骨里红。花瓣紫红，花香很浓。清代诗人陶德勋有一首《朱砂梅》诗："春风吹遍万千家，飘染丹砂第一花。知是东皇深酝酿，红云捧出护窗纱。"

在湖心岛岩石公园，发现有几株结香，因为是球状灌木，开成一个个大花球，花呈黄白色。结香全株皆可入药，中药、苗药、瑶药、侗药、壮药、毛南药等，都视它为珍贵药材。结香有柔软的枝条，可以互相打结，因此又叫打结花、打结树，被人们视为爱情树，喻意喜结连理。

紫叶李都是连成片栽植的，树干高，树冠大，远看像繁雪覆树，近看花朵有些细碎，白色花片，衬着一树紫底，显得非常朴素。但众多朴素，组成了壮丽。

紫丁香的花开得很密，有惹人的清香。丁香象征着美丽纯洁，思恋愁结。李商隐有诗："芭蕉不展丁香结，同向春风各自愁。"南唐中主李璟有诗："青鸟不传云外信，丁香空结雨中愁。"还有戴望舒《雨巷》中那丁香似的姑娘，好像撑着油纸伞，刚从身边袅娜经过。

从书房出来，一过马路，就看到湖堤上一片

红云，原来是美人梅。两个穿着时尚的少女，可能是附近的学生，在梅花下互相拍照，或手扶花枝，或低头轻嗅，我立即想起一副对联：君子兰前立君子，美人梅下倚美人。

继续往前走，看到一片榆叶梅，才开有少量花朵，大部分正含苞待放，花色和美人梅相近。它还有个别名叫小桃红，听起来也非常符合身份。

再往前走，有一片西府海棠，鼓出满树紫色花苞，像在春睡。可是旁边的铁海棠已经开了，花色大红，占了先机。

樱花也开了。龙子湖种植的大部分是晚樱，树形舒展，花色粉红，密匝匝的，粉嘟嘟的，有蜜蜂振翅其间。

紫荆花也开了，湖边随处可见。紫荆不生小枝，是处即可发花，感觉它就是为花而生，为花而荣。

东风昨夜吹过家，湖畔何处不飞花。

众香国里惹人醉，黄鸟枝头报春华。

鸢　尾

一天早晨，我到龙子湖边散步，走过松间小径，看到一个园林工人正埋头栽鸢尾，我又认不准，就问："师傅，您栽的是不是鸢尾？"

园林工人抬起头，看了看我，答道："鸢尾，是鸢尾。"

"这东西好活不好活？"

"好活，树边能栽，有些树下也能栽。"

"开花时我能认出来，不开花时认不准。"

"好认，剑形叶，叶面纯净，花很好看，我喜欢这花。"

望着那脸上的白胡茬和缺了两颗门牙的嘴巴，我感到一阵惊奇，随口问："您是哪个村的？"

"时埂的。你是农大的吧？"看我点头，他接着说，"你们农大有一半是我们村的地。"

"噢，那我们算一个村的了。"

他笑了，笑得很开心。又给我说："鸢尾一般是蓝色，我这儿种的有蓝色，还有黄色。听说还有白的、粉的、紫红的，今后能找到的都给它种上。"

"那好啊，要是五种颜色都有，不知道会吸引多少人来看稀罕呢。"

"那是。"

"不耽误您干活了，我去湖边转转。"

"好，你走着。"

我散步时，脑子里一直浮现鸢尾花盛放的场面，那紫蓝色的蝴蝶，一只只展翅欲飞。自然界里蓝色的花本来就少，能像鸢尾开得这样美丽，这样活泼，这样多情的，更是少。

鸢尾的别名叫蓝蝴蝶等。中国人认为它象征着爱情和友谊，生而为人，都艳慕爱情，都需要友谊。

鸢尾花气芳香，可作为制作香水的原料，世界上流行的鸢尾香水总有几十个品牌，什么尘粉鸢尾、木恋鸢尾、木本鸢尾、高贵鸢尾、黑色鸢尾、桀傲男士、烈马等。

鸢尾根名鸢头，可入药。性寒味苦，活血化瘀，祛风利湿，解毒消积。据说还治头晕目眩，你正走着头晕了，不妨摘一朵鸢尾用力嗅嗅，说不定能缓解症状。

法国人把鸢尾当国花，法国王室的徽章上就有鸢尾，历代法国王朝的印章、铸币、皇袍皇冠上，都将鸢尾作为装饰元素。据说法兰西第一个王朝的国王克洛维在受洗时，上帝送他的礼物就是鸢尾，象征着光明和自由。

梵高不仅画的《向日葵》出名，画的《鸢尾花》也非常有名，是圣雷米时期最伟大的作品之一。1988年他的《鸢尾花》拍出了5300万美元的天价，一下震惊了世界。

龙子湖的地脉宜鸢尾，要不怎么随处都能见到呢。

金　针

　　金针含苞欲放时像针，等到盛开时是纯黄色或杏黄色。龙子湖的路边有种植，树旁有种植，湖畔也有种植，似不能熟视无睹，我在这里想说说。

　　金针的本名叫萱草，还有黄花菜、忘忧草、宜男草、川草花、鹿葱、疗愁、鹿剑、忘郁、丹棘等好多名字。

　　黄花菜原产地是河南周口淮阳区。我们县和淮阳相邻，地挨着地，淮阳是原产地，我们家要种黄花菜也应该算是原产地，只是我们村没有种黄花菜的习惯，这个很便当的光没沾上。

　　萱草有好多种，萱草花有的能食用，有的不能食用，有微毒。萱草不等于金针，即使供食用的金针，也含有一种秋水仙碱，鲜食时也需要高温炮制方可。

　　萱草其叶如蒲，花似漏斗，花色灿然，黄花绿叶相映衬，是观赏佳卉。

　　药食同源，萱草可食可药。菜蔬有的鲜食好，有的炮制以后味道更佳，我认为黄花菜就属此类。早先在家过年时，母亲总要用大肉汤烩制干黄花菜，吃起来黄花菜既有菜蔬味，又有大肉香。母亲告诉我们，黄花菜是富菜，不用肉汤烩不好吃。那个年代，素菜总千方百计高攀荤菜。萱草入药，清热利尿，凉血止血，于妇通乳，于童止咳。

萱草花是中国的母亲花，早于康乃馨作为母爱象征，"谁言寸草心，报得三春晖"中的"草"指的就是萱草。古时送"椿萱并茂"寿幛，"椿"指父亲，"萱"指母亲，就是祝人父母健康长寿之意。

萱草又名谖草，"谖"是忘的意思，所以又名忘忧草。《诗说解颐》中记载，萱草"食之令人好欢乐，忘忧"。《诗经·卫风》中有："焉得谖草，言树之背。""谖草"是忘忧草，"背"是指北堂，北堂指母亲。古代游子出门，先在阶前种上萱草，以减轻母亲对儿子的思念。唐代诗人孟郊还有一首《游子》诗："萱草生堂阶，游子在天涯。慈亲倚堂门，不见萱草花。"

唐代诗人沈颂，可能受《诗经·卫风》的感染，在卫地淇水之滨，也就是今天的河南省鹤壁市，写了很有名的《卫中作》："卫风愉艳宜春色，淇水清泠增暮愁。总使榴花能一醉，终须萱草暂忘忧。"不管是周口淮阳，还是卫风淇水，这萱草古今都与河南有着密切关系。

《通志》引《风土记》载："孕妇佩其花则生男。"所以萱草又名宜男草。现代人不信这个，想生男孩的人不少，却没见有孕妇佩戴过。

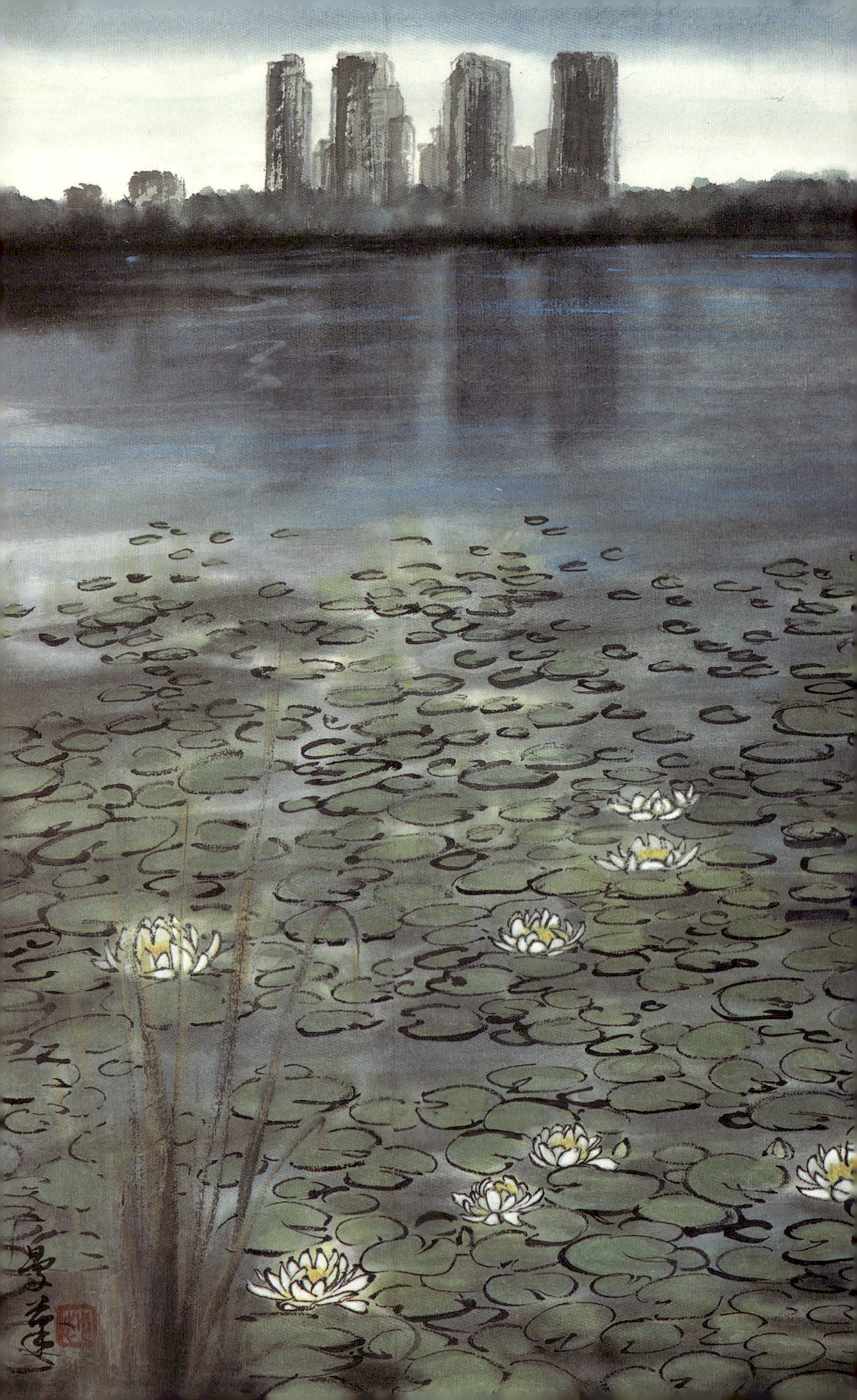

睡　莲

龙子湖的六个小湖中几乎都有睡莲。

日月湖里的睡莲在靠明云桥南头，只有一小片，花红色，开得最多时才有十几朵。前两年只有三五朵，我一直担心来年再无眼福见到。

知远湖里的睡莲在湖西岸，花色有红有白，面积有一席大小。因为位置优越，便于近看，常惹人们驻足。走过时本想亲近亲近，看有人在那里或拿相机或拿手机拍照，不忍扰人清兴，只好悻然离去。

崇礼湖的睡莲就在丰合俱乐部跟前，栅栏内有两片，栅栏外有一片，花色有红有白，开得很稠密，真个是槛内槛外皆风流。

伶伦湖的睡莲在儿童游乐沙滩跟前，面积最大，花色最全，不但有红色、白色，还有淡黄色。

关雎湖和春秋湖里，偶尔能见到水面浮着三两片睡莲翠叶，少见花开。

说是睡莲昼开夜闭，我夜晚很少去龙子湖，没留意花是开着还是闭着。白天无论我多早转湖，那花总是开着，偶尔中午或下午转湖，看那花也是开着，所以，我的印象中睡莲是一直开着的。

我喜欢睡莲的韧劲儿。从夏天开始开花，一直开到冬天，天很冷了，还能看到一朵两朵在那里拼命地开着。今年水情反复,折腾得厉害,先是为了防汛湖里水放出去好多,使睡莲变成了旱莲,花是开不成了,梗叶却没死,拼命地活着。忽然来了大水,淹了个精光。水退后,莲荷高擎着枯叶,一派肃杀景象,而睡莲的绿叶已安然睡在水面,不两天就花开如昔,看不出曾罹经灭顶之灾。

我喜欢睡莲的刚劲儿。花色娇红嫣然,花瓣却如刀如剑,没有半点媚态,只可近观,不可亵玩。

我喜欢睡莲的自爱。叶色翠绿,随水高低,老时只把翠绿转成霜红,败时自沉水底,绝不扬着枯叶任风霜嘲讽,从不将凋态示人。

传说很久以前,一个村里的河水干涸了,大家都忙碌着找水活命。有个姑娘找水时,发现河床中央有一条金鱼陷在淤泥里,姑娘很想救活它,又苦于无计可施。没想到金鱼开口说话了,它称赞姑娘的美丽,并央求姑娘每天来看它一次,只要它能看到姑娘美丽的眼睛,就送给姑娘一罐清水。日久生情,金鱼提出让姑娘做它的妻子,姑娘答应了。村里人知道后,都认为金鱼是妖精,给姑娘施了魔法,于是就把金鱼骗出来杀死了。姑娘抱着冰冷的金鱼,哭了三天三夜,眼泪化成了河水，姑娘就变成了睡莲。

　　古埃及把睡莲视为神圣之花。在古埃及廊柱的图腾上，随处可看到睡莲，表示只有开始而没有结束的祝福。

　　在印度佛教里，睡莲被称为圣物，观音站立的千层莲花就是睡莲，也叫观音莲。

　　大画家莫奈，从74岁开始画巨幅《睡莲》，一直画到去世，历时12年，完成了历史性画作。据说他一生画了181幅睡莲，可见他对睡莲的钟爱程度。假如莫奈在世，应该住到龙子湖来，龙子湖那么多睡莲，可以让他画个够。

马 兰

湖边多植马兰，其叶如麦，开蓝紫色花，素净淡雅。马兰和鸢尾同科，花形和鸢尾也很相似，如一只只欲飞的紫蝶。

马兰又称马蔺、马莲、马韭、旱蒲、荔草等。马兰有抗旱、抗寒、耐盐碱、耐践踏的特点，在祖国大西北的罗布泊，其他植物不能生长，马兰却在那里绿着枝叶，开着鲜花，向世界昭示着顽强的生命力。

看见马兰，不由让人想起了马兰基地，它位于新疆巴音郭楞蒙古自治州。据说20世纪50年代，部队刚来这里，茫茫戈壁，渺无人烟，只有马兰花盛开着，就取名马兰基地。也有人说，是将军诗人张爱萍给基地取的这么诗意的名字，因为他是中国人民解放军的副总参谋长，主持核试验工作。马兰的名字寓意丰富，戈壁滩上不是没人烟吗，我们的军队可以像马兰一样在这里扎根，我们的科学家可以像马兰一样在这里开花结果。那一代人经过艰苦卓绝的奋斗，克服一个个难以想象的困难，终于成功爆炸了我国第一颗原子弹、第一颗氢弹；第一次地下核试验成功，使中国成为核大国，强壮了民族脊梁，捍卫了国家安全。那一代人以身许国、舍生忘死的马兰精神，永远值得每个中国人感佩。没有他们的牺牲，和平何来？安宁何来？

马兰花象征宿世情人或爱的使者。也有人把马兰称为祝英台花，年年开花，就是为了赴梁山伯的约会，表达浓烈的爱情和对情人的眷恋。

中国古诗中，吟咏马兰的很少，明朝状元舒芬有首《马兰花》诗，写得清新可读："金气棱棱泽国秋，马兰花发满汀洲。富春山下连鱼屋，采石江头映酒楼。"舒芬是个清官，又敢言直谏，屡被贬谪，因忧国忧民，积郁成疾，于嘉靖六年（1527）含恨而逝，万历三十六年（1608）追谥"文节"，世称"忠孝状元"。舒芬也真像株马兰，倔顽可爱。

活跃在现代文艺舞台上的马兰有三个。一个是黄梅戏表演艺术家马兰，安徽太湖人，国家一级演员，获奖无数，特别是既获得舞台剧表演全国最高奖，又获得电视剧表演全国最高奖，还获得亚洲最杰出艺术家终身成就奖，集三大奖于一身者，也只有她一人。另外两个马兰，都是河南人，都是国家一级演员，一个是豫剧演员，一个是越调演员。豫剧演员马兰，早年得到常香玉、马金凤等大师提点，加上自身嗓音浑厚的先天条件，演出了很多豫剧名目，给观众留下了深刻印象。近些年又在电视剧表演中大显身手，佳作不断。

越调演员马兰，得申凤梅大师亲传，为著名越调戏曲演员，舞台形象扮小生英俊潇洒，扮须生清朗飘逸。演唱时声情并茂，穿透力强，深受观众喜爱。

箬 竹

不知哪位雅人,在龙子湖边种了好多箬竹。箬竹是南方的植物,到北方也能长这么好,出人意料。宽大的叶片,交错如织,密不透风。那宽大的叶,我知道可以编斗笠,可以织蓑衣,可以织篓,可以包粽子。总之,有很多用处。

箬竹有花,花穗绿中带紫,朴素得很。

一看到箬竹就想起了张志和的《渔歌子》:"西塞山前白鹭飞,桃花流水鳜鱼肥。青箬笠,绿蓑衣,斜风细雨不须归。"我这个本家悠闲得很,洒脱得紧。戴顶斗笠,披领蓑衣,手持钓竿,兀自江湖,斜风细雨不须归。

湖边有坐椅,干干净净,可坐可倚。天空灰蒙蒙的,看要下雨,风不大,算不得斜风,春天的雨多是细雨。我想坐湖边体会体会,只是我没有青箬笠,也没绿蓑衣,连现代的塑料雨衣也没带。我宁愿挨淋就湿,正巧也走得有点累,索性坐下来撞撞运气。

云更浓些,水面正泛起水汽,雨没下,空气已经湿透。接着雨还真来了,轻轻的,如有似无,如丝似雾,落在头上不觉,飘在脸上微凉,清新入肺,温润入心。湖畔阒无行人,摘了几片箬叶覆在头上,遮雨是不够的,就是找个头戴箬笠的感觉。湖面的水汽看不到了，空中笼着雨织的轻纱，对面的楼宇可以看到，只是有些朦胧。可惜没有渔舟，要是能坐上小船到湖中心就好了。垂一丝钓钩，钓不钓到鱼无所谓，只管钓，钓一个万物皆忘、自然本我的好心情。绿树烟湖好景，今日我是主人，不远处有我的书房，这里就是我的花园，有水有鱼，有花有树。箬叶滴水，沾湿了衣服，模糊了眼帘，细雨透衣因坐久，水汽碍眼老更花。有些事情要看清，有些事情看不清更好。

  箬竹经雨一淋，更支棱了，更青翠了，更诗意了。元代诗人周巽的《渔歌子》中有"箬笠蓑衣乱碧波，巨鳞泼刺跃金梭"。龙子湖有的是鱼，但没有泼刺显能。雨没征候地停了，我站起来，把手里的几片箬叶甩甩水，编个小篮筐，想把今天的好心情装进去，拎回家。

迷迭香

岩石公园里有大片迷迭香，茎条柔曼，叶似鸟舌，花色娇蓝润紫，看上去非凡间物。古人认为迷迭花的香，使闻者迷恋不能去，故曰迷迭香。

迷迭香的花叶，可提取抗氧化剂和迷迭精油。迷迭香抗氧化剂，广泛应用于医药、食品保鲜；迷迭香精油可用于香精香料。古人常把迷迭香制成香囊佩戴，去恶气，香衣衫，可以避邪除魅。迷迭香入药可以安神醒脑，能提高人的语言、视觉、听觉方面的能力。食用能促进血液循环，刺激毛发再生。在西餐中作为香料，常在烤制食品时使用。

西方人相信，迷迭香可以增强记忆力。在海上，迷航的水手可以凭着迷迭香的香气找到陆地，所以称它为海上灯塔，也叫海洋之露。

迷迭香象征爱情和友谊。欧洲习俗，姑娘在枕头下放上迷迭香，可以梦见自己未来的郎君。婚礼中新人戴上迷迭花冠，代表着忠贞。据说匈牙利女王爱用迷迭香沐浴，后来就发明了"匈牙利花露水"，即古龙香水的前身。

魏文帝曹丕非常喜欢迷迭香，曾邀王粲、曹植、应场等人一起赏花作赋。

曹丕的《迷迭香赋》写道："生中堂以游观兮，览芳草之树庭。重妙叶于纤枝兮，扬修干而结茎。

承灵露以润根兮，嘉日月而敷荣。随回风以摇动兮，吐芬气之穆清。薄西夷之秽俗兮，越万里而来征。岂众卉之足方兮，信希世而特生。"

曹植的《迷迭香赋》写道："播西都之丽草兮，应青春而凝晖。流翠叶于纤柯兮，结微根于丹墀。信繁华之速实兮，弗见凋于严霜。芳暮秋之幽兰兮，丽昆仑之芝英。既经时而收采兮，遂幽杀以增芳。去枝叶而特御兮，入绡縠之雾裳。附玉体以行止兮，顺微风而舒光。"

古代有人认为迷迭香原产海外，也有人认为原产西蜀，曹丕说产自"西夷"，曹植称产自"西都"。迷迭香是中原难得一见的奇花异草。

棠棣

明伦桥头有大片棠棣，春末盛开金黄色花朵，开成了篱墙。这片棠棣很有意思，到了深秋，甚至到了初冬，竟还开出零星的花来。

棠棣俗名棣棠，清代诗人叶申芗有一阕《浣溪沙·棣棠》词，说尽了棣棠的美艳："春色酿成花世界，棣棠艳出群芳外，一叶一花繁可爱。黄深碧浅娇无奈，摇曳绿罗金缕带，留得名词题咏在。"

华夏先民非常重视伦理，兄弟是天伦之情，一娘同胞，骨肉至亲；夫妻是人伦。古人认为兄弟之亲高于夫妻之亲。《诗经·棠棣》第七章这样写道："妻子好合，如鼓瑟琴。兄弟既翕，和乐且湛。"意思是，夫妻琴瑟和谐，兄弟祥和欢乐，这都是家庭幸福的基础。从此棠棣就被赋予了兄弟的象征。

清华大学百年校庆时，北京大学为昌明北大、清华两校的兄弟关系，送的贺联是："资自强而载物，砥砺同行，百龄清誉称棠棣；取兼容以开新，交融共进，万卷华章照古今。"

北京大学以思想自由、兼容并包为旗帜，清华大学以中西贯通、古今融合为风骨，两校不愧为孪生兄弟，可谓是新的棠棣华章。民间称赞著名高等学府，总是把北大、清华并称连说。

日本有一首著名民歌，中文名为《北国之春》，在中国也传唱不衰。歌词中有"棠棣丛丛，朝雾蒙蒙"，棠棣花开了，故乡的春天来了，看到棠棣，想念起了那酷似老父亲的家兄。木讷寡言的兄长，就是魂牵梦萦的故乡具象，可见在日本，棠棣也是兄弟的象征。

抗日战争期间，郭沫若的大型历史话剧《棠棣之花》，曾引起巨大反响。该剧书写的是战国义士聂政刺杀韩相侠累的故事，歌颂的是聂政舍身报国的崇高行为，但剧名《棠棣之花》称颂的是聂嫈和聂政的姐弟之情。

绿　篱

绿篱虽然是人工种植的，但比人工扎成的篱笆自然得多。做绿篱的材料很多，要达到既美观又实用的目的，也需要下一番功夫。

绿篱用得最多的要数黄杨，常绿灌木，叶片光亮，有大叶、小叶之分。李渔称赞黄杨有君子之风，说黄杨每年长一寸，闰年缩一寸。有人说，闰年不是缩一寸，只是不长而已。苏东坡有诗："园中草木春无数，只有黄杨厄闰年。"

金叶女贞叶片嫩黄，色泽亮丽，开白色小花，虽然属于落叶灌木，但冬天基本可以不落叶。一般和紫叶小檗搭配种植，形成黄紫色差，宜人眼目。

海桐也是常见的绿篱植物，属于常绿灌木。叶片总是支棱棱的，闪着亮光。开白色花，有淡淡的香气。种成排、剪成球，都好看。

火棘也是常绿灌木，很适宜修剪。夏天开白花，秋天结红果。密匝匝的红色果实，掩映在绿叶之间，美不胜收。据说火棘果含有抑制龋齿的活性物质，是做牙膏的好原料。

平枝栒子细细的枝，小小的叶，开粉红色花，结鲜红色果。它还有个名字，叫铺地蜈蚣。秋冬交令时，叶也红了，果也红了。奇的是小小的红果，可经冬不落。

卫矛因枝翅如箭羽，又叫鬼箭或神箭，不知是否因此而名字里带个"卫"字。开白绿色花，结橙红色种子。秋叶红艳，非常入眼。

铺地柏以密不透风取胜，只要它们长在那里，你就别想下得脚去。铺地柏常年枝叶翠绿，即便冬天下了雪，不管雪覆多厚，也能看到一些顽强的翠绿枝叶从覆雪下钻出来，昭示着自己的生命力。铺地柏的枝条横逸斜出，根本无法修剪，尽管匍匐一地，看上去根本算不上篱笆，可你能过得去吗？过不去，人过不去就是好篱笆。

绣线菊枝条柔软，红花繁缛，因为长得密实，也可以当绿篱。

不说了，你去湖边转转，这些植物都可以在绿篱中见到。

常春藤

湖堤上的树林下面，种着大片常春藤，它们匍匐一地，像家乡的红薯地。红薯地是大田，上面不栽树，可这里是树林，没有阳光或很少阳光，常春藤也能长得欢实活泼，真令人不可思议。常春藤的叶子，还真就像红薯叶，圆圆的，中间冒个尖。

常春藤常年在那里绿着，冬天叶片上才泛起淡淡的霜紫，茂盛劲头并不弱下去，常春真是名副其实。

常春藤喜潮湿的环境，耐阴，耐寒，忌高温干燥，忌强烈阳光，所以在树下也能长得很好。我是吃红薯长大的，散步时走到大片常春藤跟前，好像回到了家乡的红薯地，想着长在地下的薯块，想着那红薯的甜香，遂无枵腹之忧。

常春藤是味中药，平肝顺气，祛风利湿，和血止痛，用处多着呢，各地都把它作为民间草药。

《本草再新》记载常春藤："治肝郁，补脾利湿，祛风滑痰，通行经络，行血活血，并能理气。"

《草木便方》记载常春藤："散风湿，消肿，治痈疽流注、小儿慢惊、风痰、刀伤、犬咬毒。"

一说常春藤，人们就想到美国叫常春藤的著名大学联盟，成员全是美国一流高校。世界上有一个竞争最激烈的奖学金，叫罗德兹奖学金，得奖者称"罗德学者"，获得"罗德学者"称号最多的是常春藤高校联盟。该联盟的八所学校中，有七所是英殖民时期建立的，可见资历之深。这八所学校分别是哈佛大学、宾夕法尼亚大学、耶鲁大学、普林斯顿大学、哥伦比亚大学、达特茅斯学院、布朗大学和康奈尔大学。

这样看来，在龙子湖畔种植大片常春藤，也是对大学城的一种良好期许。盼望这座大学城的十多所高校，能早日成为全国乃至世界著名高等学府，为中华民族造就更多有用之才。

扶芳藤

龙子湖的覆地植物，除了常春藤就是扶芳藤了。扶芳藤的叶子略小于常春藤，但二者都能把地面覆盖得严严实实。

扶芳藤耐湿耐寒，生长速度快，所以就落下很多别名，如爬墙风、爬墙草、金线风、络石藤、九牛造、靠墙风等。

扶芳藤常态是匍匐在地面，当然也不失藤类植物的本性，遇树要爬，遇墙也要爬。覆地绿了大地，爬树绿了树干，上墙绿了沙石，到处播撒出生命的绿意。

扶芳藤夏天可以绿成一片海洋，有些叶子能变异如花，或黄或白，闪烁在大海上。秋冬季节，扶芳藤的叶子变得艳红灿然，如夕阳照海，到处涌腾着红色的波浪。

扶芳藤开青白色花，结粉红色蒴果，果圆如球，十分可爱。

此物茎、叶皆可入药，舒筋活络，止血散瘀。或煎服，或酒服，或入丸散。上年纪的人，谁没个腰酸腿疼呢，这东西治，珍惜着点吧。

有心人可以把扶芳藤制成悬瀑式盆景，放置在书案一角，或放置书架上，那绿色的小瀑，马上会给你的书房增加一片绿意。看书写字时的一抬头间，那绿立即扑入你的眼帘，扫去你的倦意。

　　这"扶芳"二字太有诗意了。"芳"当然是指漂亮的、优美的物事，人家是扶，是帮助，是支持，是鼓励，是激扬，咋说都是满满的正能量。教师对学生来说不就是扶吗？扶学生长知识，扶学生走正路，扶学生成大才。那扶芳说的不就是教师吗？匍匐在地的姿态，不就是牺牲自己，托起别人吗？扶芳藤，我向你致敬！

鼠　尾

自然界蓝色的花本来就少，而能像鼠尾那样蓝得纯净、蓝得亮丽的更是少之又少。

鼠尾喜欢阳光充足、通风良好的环境，开阔的地面，有大片蓝色鼠尾花盛开，总使我流连忘返，迟迟不忍离去。

喜欢鼠尾花的人真多，任何一块鼠尾花田里都有人在照相，有男士也有女士，脸上无不洋溢着幸福的笑容。据说喜欢鼠尾花的男士，都是光明磊落的正人君子，那喜欢鼠尾花的女士应该是窈窕淑女了。

鼠尾不但花漂亮，香味也浓烈，可做厨房香草，也可以做食品添加剂，能为各种食物提增沁人的香气。叶片能杀菌解毒，用茎叶和花泡茶，可以美容养颜、抵抗衰老。鼠尾具有茴香和樟脑香的味道，是制作男性香水的重要原料。

鼠尾既可以种在开阔地，也可以养在室内，鲜亮惹眼，又能清新空气，好处多多。

在龙子湖，带尾字的花草可真不少。除了鼠尾、鸢尾，还可以见到狼尾草、狗尾草、兔尾草，还有生长在水中的狐尾草。

凌　霄

　　龙子湖虽没有成片的凌霄，但炎炎夏日又能时常见到，或在树旁，或在墙根，或在土坡。那橙红色的喇叭花，一朵朵似倒挂金钟，透着雍容富丽。

　　凌霄是适应性很强的花卉，不择壤土，随处可植，在我国有着悠久的栽培历史。《诗经》中就有记载，当时人们称它为陵苕，"苕之华，芸其黄矣"，说的就是凌霄。

　　凌霄有很多别名：紫葳、五爪龙、上树龙、过路蜈蚣、红花倒水莲、吊墙花、堕胎花、芰华、藤罗花等。凌霄花寓意慈母之爱，可以把凌霄和冬青制成花束，献给母亲，表达对母亲的热爱之情。

　　传说古代一个财主的女儿叫凌霄，美丽可爱，又会吟诗作画。凌霄到了出嫁年纪，却悄悄爱上了自己家的长工。她偷偷给长工缝制衣衫，偷做吃喝，两人海誓山盟，要做恩爱夫妻。财主知情后非常生气，就把长工毒打一顿后赶到荒郊野外，长工连气带病，不几天就死了。乡亲们把长工埋在了村头小河边。不长时间，长工坟头上长出一棵柳树，枝繁叶茂，柳条随风摆舞，似在诉说着不尽的幽怨。后来凌霄知道了长工的死讯，发疯似的冲出家门，跑到坟前拜了三拜，一头撞死在柳树下。忽然凌霄变成了一根藤，攀柳而上，随后又开出了橙红色的喇叭样的花朵，人们就把这种花叫凌霄花。

宋代诗人杨绘的《凌霄花》诗这样写道："直饶枝干凌霄去，犹有根原与地平。不道花依他树发，强攀红日斗妍明。"

清人李渔评价凌霄花："藤花之可敬者，莫若凌霄。"

车轴草

　　车轴草耐湿耐旱，常种在树旁、湖畔、路边。

　　车轴草有的成片，有的不成片，少的十棵八棵长在那里，最多的一片在崇礼湖南岸，三十亩左右的样子，不但面积大，而且长得也茂盛，望去黑蓁蓁的。

　　车轴草又叫三叶草，三个叶片鼎角而生，每个叶片上有一弯白痕，三弯白痕又构成一个环形巧图，如同画家精心画成，让人觉得大自然真是鬼斧神工。

　　车轴草还有一个名字叫幸运草，三片叶子，一片代表祈求，一片代表希望，一片代表爱情。如果谁能在大片的车轴草中，找出一株生有四片叶的，这第四片代表的是幸福，那就是幸运儿。

　　车轴草分白车轴草、红车轴草和杂种车轴草，白车轴草开青白色花，红车轴草开粉红色花，杂种车轴草开白色略带粉红色花。龙子湖边的都是白车轴草，没发现其他两个品种。

　　车轴草是水土保持作用很好的植物，也是优质牧草。因本身有清热凉血的功效，有助于牲畜健康生长。

　　关于三叶草，有一个美丽的传说。从前有一对恋人，住在一片桃林里，他们虽然真诚相爱，有一次却因为一件小事闹了别扭，双方都不肯让步，一直僵持着。爱神发现了，就来到桃林对二人撒了个谎，告诉他们对方有难，只有晚上在桃林最深处找到三叶草，才能解救对方。表面上两人都不在乎，可为了解救对方，晚上都冒着大雨，艰难地摸索到桃林最深处寻找三叶草，结果两人突然相遇了，才明白彼此都深爱着对方，内心非常感动，决定把三叶草作为双方爱情的信物，见证他们得来不易的爱情。这个故事说明只有彼此相互珍惜，才配拥有真正的幸福。

麦　冬

我刚搬来龙子湖时，还认不清麦冬。一天早晨散步时，看到有几个工人松土的松土，栽植的栽植，便走上前去打问，工人告诉我栽的是麦冬。

龙子湖的草坪上多植麦冬。初栽时，看上去像越冬的麦田，稀疏露地，不长时间就长得郁郁葱葱，有的交错斜逸似剑丛，有的垂绥纷披如马鬃。

麦冬又叫沿阶草，栽种时可不只在沿阶，湖边、土坡、林下，麦冬到处都能安家落土。

麦冬好像什么都耐得。耐热，在南方能安全越夏；耐寒，在北方能安全越冬，并保持叶色常绿；耐湿，能经得起雨水冲淋；耐阴，能生长在大树之下；耐旱，草根发达可蓄水，叶片蜡质可惜水。这种境界，是一般植物不具备的。

我国第一部完整的药物学著作《神农本草经》中就记载有麦冬，人们称赞它是生于沿阶、用为上品的养生佳物。麦冬有润肺清心的奇效，民间称它是"不死草"。

苏轼有一首关于麦冬的诗："一枕清风值万钱，无人肯买北窗眠。开心暖胃门冬饮，知是东坡手自煎。"门冬饮，即用麦门冬煎的茶，麦门冬即麦冬，可见东坡先生深谙麦冬药理。

河南禹州把麦冬叫"禹韭"。说是大禹治水

成功以后，地里庄稼获得了大丰收，生产的粮食吃不完，大禹让人们把剩余的粮食倒进了河中，河中便长出了一种草，就是麦冬。人们叫此草"禹余粮"，因叶形似韭，又叫"禹韭"。

麦冬叶细长柔韧，故亦名书带草。作为一种草，能和书香相染，真是令人高兴，恨不能扯几条回书房扎书。

狗牙根

龙子湖的草坪中狗牙根的面积不小。

一看到狗牙根,我就想起我们村的狗儿、狗剩,还有天津的狗不理包子。明明是人,却叫狗儿,狗不嫌家贫,好养活。狗剩,狗都不吃。狗不理,狗都不理睬。这是农民的哲学,用最贫贱的名字,留住小命,换得活人。

这草的名字叫成狗牙根,不但是狗,而且还是厉害怕人的狗牙,你想那生命力有多强吧。果然这狗牙根草,有侵占性,爱抢地盘;有再生性,不彻底搞死,就能存活;耐得践踏,小孩踩了没事,大人踩了也没事,男人踩了没事,女人高跟鞋踩过也没事,还能活。

狗牙根还有些雅一点的名字,如绊根草、爬根草、铁线草,一听还是露着倔强的脾气。正是这种犟脾气,使它能派上诸多用场:覆盖地面有它,固堤保土有它,草坪绿化有它,绿茵球场也有它。

狗牙根可非一味倔强,还含有丰富的蛋白质,有营养,味甜适口,猪、马、牛、羊、鸡、鸭、鹅、兔都喜欢吃,是优质的青饲料。

在中国是草皆能入药,狗牙根也不例外,全草可入药,解热利尿,舒筋活血。相传宋朝熙宁六年(1073),沅州大涝,田园被淹没。大水退后，侗民和家里牲畜都患上了一种怪病，整天拉稀，又无有效药物治疗，闹得人心惶惶。这天，白马滩侗寨的一个小伙子，拿着一把狗牙根告诉乡亲们，这种草或许能治这种病，大家不妨试试。因为小伙子家里养的猪，啃食了自己院里生长的狗牙根病好了，小伙子受到启发，用狗牙根熬茶喝，也治好了自己的病。乡亲们用狗牙根果然治好了这种人畜共患的病。消息很快传遍沅州各地，人们靠狗牙根躲过了一劫。从此，沅州人对狗牙根产生了特殊感情，越吃越爱吃，越吃越考究，一直吃到今天，吃成了一种传统美味，吃成了一种药食同源的佳肴。

狗牙根也不是没有缺点，种植不当，它能成为侵害果园和大田的有害杂草。人无完人，草无完草，用其所长，避其所短，让狗牙根的根扎在它该扎的地方就是。

红　果

　　这里说的红果不是山楂，龙子湖边偶尔能见到山楂，但很少。这里说的是别的植物结的红色果实。

　　湖边随处可见的南天竹，就结鲜亮的红果。南天竹属常绿灌木，披针形叶，春夏呈绿色，秋冬变成紫红色。结出的果实像红玛瑙，累如一团团鱼籽。一种枝条并不粗壮的植物，既贡献红叶，又贡献红果，真难为它了。

　　要说既能长红叶又能结红果的当数石楠了。石楠属常绿灌木或小乔木，石楠的叶子，不但刚长出来时是红色，经霜后也能变成红色，结出的果实开始是红色，最后才老成褐紫色。

　　火棘结红色果实，有的缀在叶下，有的擎在枝头，可以留存很长时间。火棘，听这名号就性格刚烈，风呀雨呀，霜呀雪呀，雷呀电呀，都奈何不了它。

　　平枝栒子结的果实小些，但圆润如珠，先青后黄，最后变红，晶莹如丹。赫然一片，美不胜收。

　　海桐初结果实是一个绿黄色的苞，入秋后果壳炸裂，露出一包包红果，好似养在深闺的少女。

　　在龙子湖偶尔能见到沙果，我们老家叫花红。果实先是青色，经日照逐渐染红，先是杏红，最后变成苹果红。味道酸甜，生津止渴，消烦化滞。

能结红色果实的植物，龙子湖还有很多，不说了，说多了您说俺炫富。

花 圃

丛林间的草坪上，不时点缀片花圃。说是花圃，有时还放几块石头，增加些野趣。

花圃里不全是花，中间往往不是一丛金叶女贞，就是一丛南天竹。再围以大片羽叶甘蓝，甘蓝的羽叶阔大，有紫红的，有玉白的，羽叶甘蓝本不是花，但看上去比花还像花。

花圃里最多的花是三色堇，有紫的，有白的，有黄的。三色堇又叫猫脸花、蝴蝶花，看上去像一只只飞舞的蝴蝶，又像可爱的小猫头。三色堇原产欧洲，是冰岛和波兰的国花。据说三色堇原来只有白色，因爱神丘比特箭法不准，误射了白堇，白堇受伤后流出了血和泪水，便成了三色堇。

与三色堇相似的还有紫罗兰，花瓣紫红泛蓝，开得相当纯粹，神秘而优雅，有浓郁花香。紫罗兰可是欧洲名花。其花可制茶，饮了能消除疲劳、排毒养颜，为女士所钟爱。紫罗兰还象征着永恒的美，在希腊神话中，紫罗兰是由主管爱和美的维纳斯的眼泪所化成的。

花圃里还有石竹，石竹又名洛阳花。花色红润，花边呈锯齿状。王安石曾感叹石竹之美不被人赏，赋诗为其打抱不平："春归幽谷始成丛，地面芬敷浅浅红。车马不临谁见赏，可怜亦解度春风。"

相传，唐明皇李隆基对洛阳花师宋单父种植的石竹赞赏有加，因为宋单父是洛阳人，就把石竹花叫洛阳花了。

花圃边上还撒种些婆婆纳，婆婆纳开淡蓝色花，看上去好像姑娘镶的碎花裙边。

龙子湖每座桥上，都放有硕大的方形花盆，花盆里种满了五彩缤纷的花，像一个个小花圃。

观 荷

龙子湖的六个小湖里，或多或少都有些荷花，荷花最多的是伶伦湖。

伶伦湖的水面大，看上去很有些浩渺的意思。湖西岸有大片绿荷，荷叶初发时像睡莲，巴掌大淡紫色的荷叶，薄薄的，漂浮在水上，落一只麻雀就能将它踩到水里去的样子。

天气越来越热了，不几天荷叶由紫变绿了，撑起一柄柄离水半尺许的伞盖，长成片荷田了。再从跟前走过，不但满目盎然绿意，而且还有一丝丝凉意袭来。

满身宝蓝色的蜻蜓，从这片荷叶飞起，到另外一片荷叶落下，像采花的蜜蜂忙碌着。小荷才露尖尖角，早有蜻蜓立上头。现在荷叶已大如扇，蜻蜓仍流连其间，可见荷叶是蜻蜓的喜居地了。

一只苍鹭站在荷叶上一动不动，眼睛盯着水面，我从附近走过，也没把它惊起。我知道这种鸟的俗名叫老等，它捕食的秘诀就是等待等待再等待，一直等到有鱼虾经过，用长嘴迅疾攫食，真如俗话说的，"饿死老鹳，饿不死老等"。

黑水鸡的体重小，能轻松地从这片荷叶走到另一片荷叶上去，觅食一些小昆虫。青蛙一般在荷叶下乘凉，有节奏地吸鼓两腮，不遇动静，懒得跃起。

荷花含苞时像姑娘的粉拳,第二天早晨已带露绽放,今天看到一朵,明天就是一片。有的像时尚女郎高挑在荷叶之上,好远就能引人眼目;有的娇羞地掩映在荷叶之间,露着浅浅的笑意。

荷花的颜色红的居多,但红得有浓有淡。白荷显得更富丽一些,不论红白,都粉嘟嘟的。

有红衣少女在照相留影,使人想起王昌龄的《采莲曲》:"荷叶罗裙一色裁,芙蓉向脸两边开。乱入池中看不见,闻歌始觉有人来。"

人们把这片景区叫作"荷塘月色",不用说意出朱自清先生的著名散文。荷塘宛然,但月色必须晚上,我专意挑个三五之夜,到伶伦湖边转了转。

月色不怎么明亮,因为城市的灯光太亮。坐在荷塘边纳凉,有微风习习吹过,虽有隐隐传来的市声,但也不失独僻一处的静谧,心里升起了"出淤泥而不染,濯清涟而不妖"的意境。看看眼前的荷塘,又望望湖心岛的灯火,静心想想过往,想想人生,得享一段难得的孤独。

水　湄

　　湖边生长最多的是芦苇。芦苇的生长速度惊人，今天看还是满地短芽，几天就长到尺许，再过几天就长到腰深，风吹叶舞，沙沙有声。芦苇的繁殖能力也极强，今年几株，明年一片。只要有合适地面，芦苇不占满不罢休。芦苇最美当然是开花时节，一大穗芦花，摇曳照水，像个腰肢柔韧的姑娘，顶着满头银饰，时而静立如处子，时而款摆如舞姬。但那身鱼肠宝剑似的芦叶，使人不敢小瞧其与生俱来的刚烈。一丛丛芦苇，俨然成为保护一湖净水的飒爽战士。

　　除了芦苇，再多的就是菖蒲了。菖蒲身段挺秀，其叶如剑，花、茎皆有香气，可制作香料。在中国传统文化中，菖蒲又称尧韭，是防疫驱邪的灵草。在民间，有端午节把菖蒲和艾蒿绑一起插在屋檐下避邪的习俗。夏秋之夜，可燃菖蒲驱蚊虫。古人油灯下夜读时，常在案头放盆菖蒲，既诗意盎然，又能防蚊虫叮咬，还能除尘散烟。蒲叶可以编席，可以编包，可以织扇。我们家乡把扇子叫蒲扇，哪怕你是芭蕉叶制的扇子，我们也叫蒲扇。蒲棒圆滚滚的，是儿时玩物，高举着它疯跑，玩够时奋力抡圆，猛掷出去，比赛谁掷得远。蒲棒里的蒲绒可以填枕，可以充垫。

混生在芦苇和菖蒲中的是千屈菜。千屈菜也叫水柳、水枝柳、对叶莲，仗着那紫红耀眼的花棒，无论芦苇和菖蒲怎样茂密，也遮不住它的光彩。千屈菜的花期很长，一直装点着湖岸水湄。千屈菜可以食用，摘取嫩叶，入沸水焯后，凉拌、炒食、做汤均可，也可充火锅配料，不愧为炎夏佳蔬。

知远湖西岸，靠明心桥头，湖边长的是大片水葱。水葱茎秆高大，所以也叫冲天草。花像一个个小挂钟，花色橙褐。

伶伦湖西岸，有一段湖边长的不是芦苇，也不是菖蒲，而是挺水花卉再力花。再力花叶如箬竹，中起长莛，莛上开紫色花，看上去如挑着鱼饵的钓竿。原产地是美国、墨西哥，据说繁殖力很强，存有入侵风险。

长满花草的水岸，给各种水鸟营造了快乐家园，使龙子湖平添了一派自然之趣。

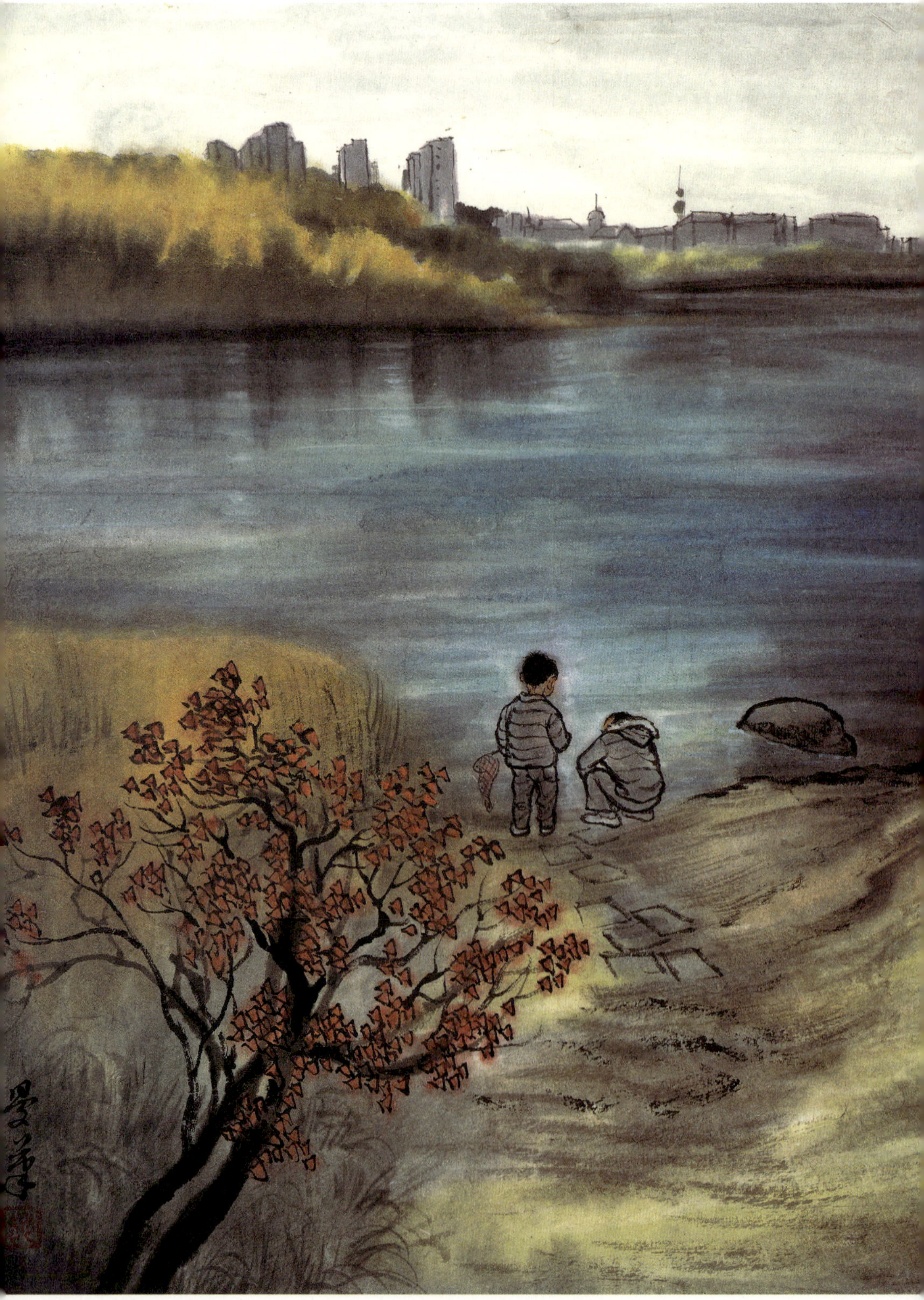

卷叁

流水何太急 深宫尽日闲
殷勤谢红叶 好去到人间

碧　桃

　　碧桃，又叫千叶桃花。碧桃花有红、白两种，在龙子湖看到的基本是红色，偶尔也能看到白色的。

　　碧桃，花开得红火，开得纯正，灼灼欲燃。最佳配景是雪松，你想想，雪松是高大雄壮的绿，碧桃是娇俏炽烈的红。十几或几十棵雪松，呵护着一棵或数棵碧桃，看上去雪松更绿，碧桃更红。龙子湖可是有不少这样的场景。

　　传说桃花源的洞门原来是敞开的，老百姓可以随便出入，后来有个叫郭公的人，想独占桃花源，神仙知道后，很生气，就移来一块大石头，把洞门堵死了。郭公的企图虽没有得逞，可是老百姓也无法出入了。有个叫陈碧的年轻后生，为了让乡亲们能够自由出入桃花源，决心把洞门凿开。可是他年小力弱，只能先去学本领。他分别向毛驴、老虎、一位老人学艺，学成后就去凿劈那洞门。由于石块太大太厚，粉红的桃花都开十次了，洞门还没凿开，但陈碧并不气馁，仍坚持凿劈不止。一天，洞门终于凿开了，陈碧的手也划破了，血流不止，陈碧把血甩向了桃花，桃花立即由粉红变成了血红，陈碧在血流尽后，也化作桃林中最大的一棵桃树，开满鲜红的花朵。从此以后，人们就把这种桃树叫碧桃了，认为陈碧的灵魂已化为护花使者了。

古来骚人墨客，都认为碧桃非人间凡花，而是仙乡佳卉。

唐代高蟾在《下第后上永崇高侍郎》诗中写道："天上碧桃和露种，日边红杏倚云栽。"鲍溶在《怀仙》诗中写道："曾见周灵王太子，碧桃花下自吹笙。"

宋代黄嗣杲在《碧桃花》诗中写道："何时和露种琼英，素质轻盈骨骼清。"舒岳祥在《碧桃》诗中写道："实成唯许方朔吃，时时还戏王母家。"

元代程文海在《碧桃春》词中写道："遥闻薇露香，云中王母九霞觞，碧桃今日尝。"方回在《碧桃花》诗中写道："群仙醉啖瑶池果，况核曾封白玉砂。"

明代席应珍在《题章复画碧桃》诗中写道："忆昔瑶池侍宴时，碧桃花下酒盈卮。"赵章泉在《怀玉山》诗中写道："碧桃花落仙人去，静听松风心自凉。"

清代乾隆皇帝在《养心殿碧桃树》诗中写道："由来仙树元都种，不落诗人泪不休。"顾太清在《醉东风·碧桃》词中写道："结伴阆苑飞仙，上清沦谪尘寰。"

龙子湖畔，碧桃有的是，如今正是花期，何妨移移尊步，一睹芳颜，羡慕神仙作甚。

枇　杷

　　枇杷本来是南方树种，真没想到引种到北方也能长这么好，树干挺拔，树冠森森，叶片肥硕，带革质，常年黛绿。春季生发嫩叶，乳绿色，远看如花。枇杷的花开在冬季，只是花形细碎，花色素朴，虽占得百花凋敝的时令，却不足以引起人们的关注。有花即有果，北方的枇杷果比南方的小，初夏果实由青变黄，灿然可爱，吃起来虽然酸甜可口，但论味道还是比南方的枇杷逊色很多，端的算不得佳果。

　　每当我走在枇杷树下，便会产生一个想法。这旁边不就是河南农业大学吗？农大不是有很多农业专家吗？专家们能不能研究研究，改良改良，让龙子湖的枇杷也结出南方那样大那样好吃的果实呢？谁要能攻破这道难题，就是以其名字命名都应该，使北方多一种佳果，岂不是一桩美事！

　　枇杷真可称得上佳果。初夏时节是水果淡季，枇杷应市可占得先机。枇杷不但可鲜食，还可以渍蜜饯，熬果酱，配饮料，酿果酒，装罐头。食用枇杷好处多，清热、润肺、止咳、消喘、健胃。

　　你要说枇杷是南方水果吧，浙江黄岩有种枇杷，名字叫洛阳青，果皮橙红，很容易剥开，果肉厚实，除鲜食外很适宜做罐头。这是否说明冥冥之中枇杷和河南有不解之缘呢？

枇杷还有个别名叫金丸，这肯定是因其金黄色的果实而得名。枇杷的叶子不应四时之变，枇杷的果实可是饮四节之气，浴四季雨露，它秋日孕蕾，冬季着花，春来结子，入夏果熟，所以才成就了它"果中之皇"的美誉。

去年初夏时节，忽接太湖三山岛吴兄电话，说三山岛上的白玉枇杷已熟，让我按旧日之约，赶快上岛尝鲜。三山岛四面环水，位于烟波浩渺的太湖中，好山好水出佳果，刚从树上摘下的白玉枇杷，金中泛玉，味道鲜美无比。晚饭时一桌湖鲜，喝的是吴兄用三山岛马眼枣泡制的枣子酒，醇香甘烈。只说这酒好喝，与吴兄又多日不见，"主称会面难，一举累十觞"。吴兄知酒性，迭饮不醉，等我悟出厉害，已眼花意萎，头重脚轻。吴兄面带胜利笑容，送我回到住处时说，喝枣酒，吃湖鲜，夜里会梦见"狐仙"。一夜醒来，醉得梦都做不动，更谈不上狐仙造访了。

宋代诗人戴复古有《初夏游张园》诗："乳鸭池塘水浅深，熟梅天气半晴阴。东园载酒西园醉，摘尽枇杷一树金。"张园有枇杷，龙子湖也有枇杷，张园不是我家的园，龙子湖距我的书房不过数百米，有客来访，我可以陪客人去湖边看枇杷。

乘兴给几个老朋友发了首打油诗："野鸭相逐戏波心，岸柳拂水半遮阴。酒薄菜简兴不足，抬眼湖畔树树金。"不一会儿，几个人都来了，说他们几个通了电话，今天愿赴我的望梅止渴之宴。我说，好，我先领你们去看枇杷，之后再回书房小酌。

白　蜡

龙子湖有些行道树种植的是白蜡。白蜡树干挺直，枝叶疏朗，花色淡绿，结窄长蒴果。由于树形美观，林相整齐，绿期较长，是城镇主要绿化树种之一。

暮春时节，白蜡树枝条上会鼓出黑褐色芽苞，慢慢泛出绿色时，花就开了。开得稠的，像铃铛的，是雄树的花；开得稀的，像小筒的，是雌树的花。到了秋天，白蜡树叶会一点点染黄，直到一树黄透，灿黄烂然。

白蜡树可以放养白蜡虫以生产白蜡，白蜡可以制蜡烛，可以制药物外壳，可以密封容器。

白蜡速生耐剪，是养殖盆景的好材料。特别是对节白蜡，人称"盆景之王"，盘根错节，干老枝秀，嫩叶紫红，有极高的观赏价值，还有个优美寓意——节节高升。

白蜡树材质坚韧，枝条可编制日常用具，我知道牛的笼嘴是用白蜡条编的，牛舌头再舔，也伤不得它分毫。

小时候家乡的土地盐碱很重，但白蜡树不怕，所以家乡常种白蜡树，不求它长成大树，更不作盆景观赏，而是让树干长到一握粗细，五六尺长短，锯下当农具柄把，锄把、锨把、锹把、抓钩把，再耐用不过，我们叫它白蜡杆。把可以编东西用的树枝，叫白蜡条，取的都是白蜡那股韧劲儿。

我认为练武术用的棍，不用钢材用木头，非白蜡莫属，坚时如钢，韧时如筋，可以挥洒自如。

我想当然地认为，少林寺十三棍僧救唐王，用的棍就是我们家乡说的白蜡杆，如果是真的，那白蜡在大唐的江山中，可得记上一功。

白蜡树寿命很长，院植白蜡，代表健康长寿。人们认为白蜡可以抵御煞气，视其为家中三宝之一。

栾 树

龙子湖的栾树真多，到了秋天，开花的树很少，栾树先是满树黄花，继之满树红色翅果，占尽了秋光。

栾树树形美观，耐寒抗尘，是北方常用行道树种。春发嫩红新叶，夏来变青，秋到转黄。花色淡黄，花朵繁盛。结灯笼形翅果，艳若渥丹，果非花，但胜过花，一树红色翅果的栾树，比一树黄花的栾树，更饶一番风姿。一株栾树，春可观叶，夏可观花，秋冬可观果。花即花，可喜的是叶也如花，果也如花。有人说它一年能占十月春。

栾树别称木栾、石栾、栾华、乌拉等，因翅果像灯笼，有叫它灯笼树的。微风吹拂时，树叶相互摩擦，哗哗作响，如在数钱，所以有人叫它摇钱树。

栾树还叫"大夫树"。周代丧葬规制，以树木别等级，天子墓前栽松，诸侯栽柏，大夫栽栾，士栽槐，庶民栽杨。栾树代表的是大夫，所以叫大夫树。唐代张说有诗："风高大夫树，露下将军药。"

中国栽植栾树历史悠久，《山海经》中已有记载："大荒之中……有云雨之山，有木名曰栾。"大禹在云雨山看到的栾树，生在红石头上。

清代固始人吴其濬在《植物名实图考》中，把栾树分别称为回树和栾华，实际上两者是同一种树。他说其叶似木槿，实际上栾树叶和楝叶相近，这一点吴其濬观察得不是十分仔细。

栾树花落时，细碎满径，行人如经树下，恰逢微风吹拂，窸窣如雨，不知不觉间栾花落在头上，真个是黄花满头款款归了。所以，台湾地区也把栾树叫黄金雨树。

栾树材质易加工，可做家具。叶可染蓝，花可染黄，籽可榨油。花入药可清肝明目，实为治疗目疾良药。

有个音乐人叫栾树，是黑豹乐队的键盘手兼主唱，后来又投身马术，年轻人几乎没有不知道他的。

法　桐

　　法桐，反正郑州人都这样叫它，准确地说应该叫悬铃木。别名还有祛汗树、净土树、鸠摩罗什树等。属落叶大乔木，可以长到30米高，树干粗大笔直，树冠硕大无朋，号称"行道树之王"。

　　郑州人对法桐感情深厚，郑州能被称为绿城，全拜法桐所赐。20世纪50年代，河南省会由开封迁到郑州，郑州在路两边遍植法桐。金水路是当时最宽的路，等法桐长大，枝柯交接，愣是把金水路变成了绿色走廊，人们在金水路上行走，夏天不担心日晒，小雨也不用打伞。别说人了，连鸟儿也看上了这绿色走廊，省委门前的树上，栖息了很多白鹭。上班路上，可以听白鹭啼鸣，可以捡到白鹭掉落的小鱼、不细密窝巢坠落的鸟蛋以及大风吹落的幼鸟。当然不能说法桐尽善尽美，你结果就结果，果球破了后还飞出那么多毛毛，尽管是为了繁殖的需要，可误入了人的嗓子眼儿，既无法繁殖后代，也让人不太好受。再说白鹭，虽然洁白高蹈，但拉的粪便，颜色那么鲜明，也让人不敢恭维。但它既然把法桐当家，要求它只吃不拉，似乎也不合情理，树上又没建厕所，也真怪不得它们。可是不管什么理由，把法桐砍了，把白鹭撵走了，郑州人都不赞成，难免有意见。

那么多林业专家参与其中，把法桐调理得不结那么多果了，免得惹人烦，所以龙子湖种植的一片又一片的法桐，或不长球球，或很少长球球。法桐速生呀，在别的树木还在伸懒腰的间隙，法桐已长成树了；别的树木刚活稳当，法桐已长成大树了。夏天绿成一派苍苍，秋天老成一派苍黄，那气势谁能比得了。

法桐可不是说产在法国。17世纪，在英国牛津，人们用一球悬铃木和三球悬铃木杂交成二球悬铃木，在欧洲广泛种植。后来法国人将它带到上海，栽植在霞飞路，人们才叫它法桐。另一种说法是，印度高僧鸠摩罗什来中国传教时，携带有悬铃木，种植在陕西户县古庙前，至今尚存树干，四个人才能合抱，所以人们也叫它鸠摩罗什树。

说到法桐树干，那真是爱干净的主儿，老皮不断脱去，新皮洁如白桦。你说人家那么高大的汉子，爱美如此，值得钦佩。我认为，法桐为郑州人添绿增誉，选它作为郑州的市树都有资格。

郑州有个河南法桐书韵文化传播有限公司，听说这公司搞了不少活动，宗旨是成为朋友门前的大书房，营造精致的读书环境，打造满足个性化阅读需求的交流平台。它以推广阅读为己任，以促进持续成长为鹄的。真要祝福他们的事业能像法桐一样快长、长高、长大。

广玉兰

广玉兰，又名洋玉兰、荷花玉兰。白玉兰、紫玉兰都是春天开，广玉兰却是夏天开，花硕如荷，花形如荷，花香如荷，故称荷花玉兰。广玉兰不但花好，树姿也好，树叶也好。你看到了广玉兰，就会明白什么叫玉树临风。树叶深绿浑厚，有浓重光泽，耐烟抗风，能净化空气。

龙子湖畔的广玉兰，皆成片栽植，少则十几株，多则几十株，森然成阵。夏日散步，走过时如有丝丝凉风吹来，飘散着时有时无的花香，令人消暑祛燥。

广玉兰多见于长江流域，江苏的南通、常州、连云港，安徽的合肥，浙江的余姚，都把广玉兰作为市树。全国百强县的昆山市的市树也是广玉兰，那说辞很美："广"字，代表昆山海纳百川、博采众长的胸襟和气度；"玉"字，指"昆山有玉，玉在其人"的城市品格；"兰"字，指"百戏之祖"的昆曲这朵戏曲幽兰。我们在龙子湖畔能看到大片广玉兰，实在是幸事。

广玉兰象征着美丽、高洁、清纯，广玉兰的花看上去洁白柔嫩，初像婴儿的粉拳，继像婴儿的笑脸，花映于心，香润于喉，可以使人童心不泯，青春永葆。

广玉兰花凋谢后，结下紫红色的种子，如数世同堂的大家庭，昭示着生生不息、代代相传。

有个关于广玉兰的动人传说。古时候有一个美满的三口之家，门前栽的一棵广玉兰开着五颜六色的花朵，清香四溢，蝶舞蜂飞。一天，丈夫打柴失足坠入山谷，儿子上山寻父又被老虎吃掉。母亲在老虎洞前发现了儿子的鞋子，在崖畔发现了丈夫的斧子，她知道儿子和丈夫都已死去，悲伤欲绝，挣扎着回到家门口，坐在广玉兰树下哭昏了过去，醒来看到广玉兰树上的花已全部变成白色，那是一树对失去的亲人的思念。

樱　花

环湖路上有不少樱花，湖心岛和湖堤上偶尔能见到，不多，都是三两株，花色有粉红的，也有粉白的，晚春时节开。

在日本，春日赏樱，可是盛事。鲁迅在《藤野先生》一文中，把樱花描写为"绯红的轻云"。家乡没有樱花，课本也无附图，自己胡乱想象，想来想去，落不到实处，觉得应该和桃花相近。因为我们家的自留地里就长有十多棵桃树，开花时像一片红云，煞是好看。

日本人爱樱花，也培育出很多好的品种，但樱花的原产地不在日本，而在中国。日本的《樱大鉴》记载，樱花原产于喜马拉雅山脉，从那里传向日本。日本人也真有意思，你们能专门跑到喜马拉雅山挖一棵樱花带回去？在中国，秦汉时宫廷已开始种植樱花，唐代已花落民间，宫苑民舍皆可见到樱花绽放，当时出游赏樱已为百姓乐事。唐朝是一个万国来仪的时代，日本遣唐使带走了中国文化，应该也带走了中国的樱花。

和郑州缘分很深的唐代诗人白居易、李商隐，都有写樱花的诗。白居易有"小园新种红樱树，闲绕花枝便当游"，李商隐有"何处哀筝随急管，樱花永巷垂杨岸"，可见唐时樱花种植之盛。

荥阳豫龙镇苜蓿洼村南，有李商隐墓。白居易小时候，在荥阳度过了快乐的童年。如今，荥阳在黄河孤柏渡种植几千亩樱花，每年都举办黄河樱花节，郑州人不用远去就能欣赏到四十多种樱花。

白居易诗里明确说到山樱，"亦知官舍非吾宅，且剧山樱满院栽"。宋代何耕对垂枝樱已有详细记载，清代状元河南固始人吴其濬，在《植物名实图考》中明确记载了冬海棠，如今这种樱花还叫冬海棠。山樱、垂枝樱、冬海棠，都是樱花的主要品种，或为培育樱花的母本。

明代吴彦匡著有一本《花史》，记载了元代名士张茂卿"樱花胜于声色"的传奇故事。说张茂卿"颇事声妓"，爱混迹在脂粉队中，有一天樱花开了，他带侍妾和歌妓到樱花树下饮酒，正饮到热闹处，忽然说："红粉风流，无逾此君！"随即将众美女摒去，自得其乐地赏花独酌起来。

樱花既热情奔放，又纯洁高雅，像美丽的少女，既向往着真挚的爱情，又怀着无言的春愁。樱花花期短暂，开到最灿烂时落下，令人有生命迫促、美丽易凋之叹。

桂 花

桂花的香浓烈纯正，花开放时很远就能闻到，未见玉容香先到，秋来可凭长精神。正走着路，忽然一阵香气扑来，抬头就看到了一片桂花。如果在晚上，循香而行，也能找到朦胧中的她。

崇礼湖两岸桂树最多，论高大，数湖北岸的那两池金桂，每池有七八棵，花开时得好一会儿才能走出那个香阵。最好是有月的夜晚，三五良朋，坐在桂树旁畅叙过往，昔日颓唐皆成快事。把眼光从树梢移向明月，看吴刚是否已备下了时令鲜果和桂花美酒，夜深灯火，管保个个都不忍离去。

桂花是中国传统名花，古文献中多有记载。《山海经》提到"招摇之山多桂""皋涂之山多桂木"。屈原《九歌》中有"操余弧兮反沦降，援北斗兮酌桂浆"。唐代冯贽《南部烟花记》记载有陈后主一段妙事：他为爱妃张丽华建一桂宫，庭院栽植大量桂树，树下置捣药杵臼，使张妃驯养白兔一只，徜徉其内，谓之月宫，那张丽华自然就成了月中嫦娥。不知道月宫是否有井，城破时他和张丽华是拥抱着藏在井里的。

桂花陶醉了古今众多文人骚客，要把书写桂花的文字集中到一起，恐怕也会弄个车载斗量。据说，柳永在《望海潮》词中，描写杭州有"三秋桂子，十里荷花"，金主读后，羡慕不已，决心挥军南下，夺来这锦绣江山。

桂花其叶如圭，故称桂；纹理如犀，故称木犀；清雅高洁，故称仙友、仙客；黄花如粟，故称金粟；秋天开花，故称秋香；香浓致远，故称九里香。民间常把桂树和玉兰、海棠、牡丹并置一处，寓意玉堂富贵、吉祥满庭。

桂花可酿酒，可入药，可制茶，可煲粥，可制糕点，可提取香料。桂花酒饮之长寿，桂花茶饮之美颜，桂花糕食之齿颊留香，桂花成药化痰止咳。

我参观过一些古代的书院学宫，发现都栽有一棵或数棵桂树，这是让学生立志金榜题名，蟾宫折桂。现在有些大学校园，也多植有桂树，给所有学子一个良好祝愿。在中国旧式庭院里也多植有桂树，一般两棵对栽，取意"双桂当庭"或"双桂留芳"。仕途得志、竞技取冠，也谓之折桂。

现在陕西汉中市还有一株汉桂，传为萧何手植，树冠荫空，枝繁叶茂，年年秋天，仍开出一树金粟，香飘数里。

雪　松

出门过马路,迎面是一大片雪松,树皆高大,春夏翠绿,秋冬黛绿,反正常年绿着。

松下有石板小径,如去湖边散步,有好多路可到,但我爱走这松下小径。当脚踏上第一块石板,觉得人声已遥,车声已远。

四周看看,都拦着一幅绿幕。树荫太浓,不生杂草,只有满地黄色的松针,我不忍踏上去,怕弄脏了这洁净松软的毡毯,想躺上去美美地睡上一觉才好。

小径很窄,对面行人,要侧身相让,否则会有一只脚或两只脚踩上松毯;细看没有踏过的足迹。小径石板上松针很少,分明有人及时扫过,每块石板都洁净无泥。

刚出松林,就看到有一老者,穿着印有"郑东绿化"的蓝坎肩,认真地打扫道路。把路打扫清爽后,又用小铲子把路边的杂草铲除干净。我给他打招呼,他抬头看我,紫脸膛上胡须如针,朗声应我:"您早。"

"您才早呀,都干这么多活儿了。"

"庄稼人,睡不了懒觉。"

"您老多大年纪,看上去身体这么好?"

"明年就七十了,好在没啥大病。"

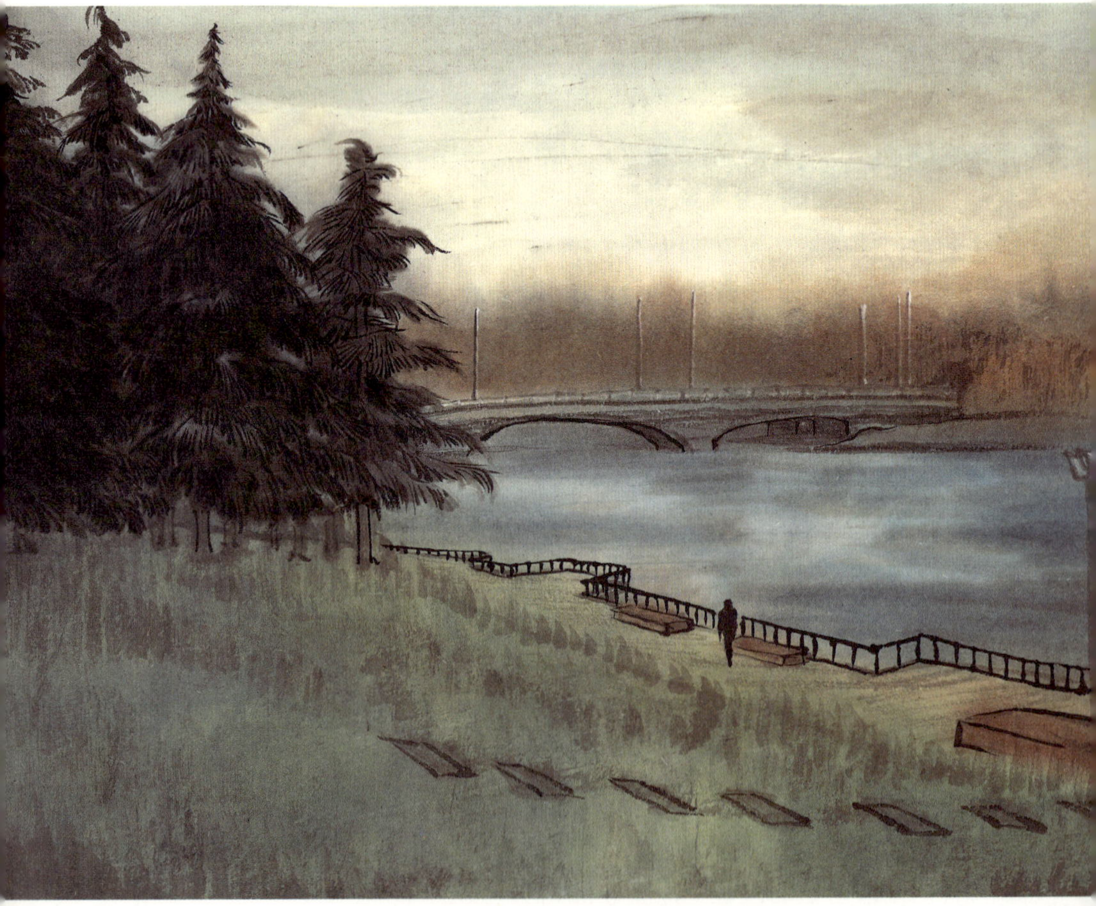

"年轻时干庄稼活肯定是一把好手。"

"大集体那会儿,割麦时我一人能干俩人的活儿,打麦场离生产队仓库有二里地,一次扛两麻袋小麦往仓库送,中间不带歇的。"

我递给他一支烟想多聊会儿,他说我的烟好是好,没劲儿,就从兜里掏出自己的烟燃上,猛抽一口吐出长长的烟柱,似乎陶醉于年轻时的岁月。

我说:"我也是农村长大的,一眼就能看出您是那种干活儿麻利的人。"

他说:"人老了,不行了。像这栽花弄草的轻活儿还行,重活儿干不了啦。"

"快七十岁的人了,有个好身体就行,干活儿倒在其次。"

"那是,那是。"

我又和老人聊了会儿家常,听得出他对生活达观知足,开朗坚毅。走远后,我又回头看看,觉得那老者就是一棵饱经风霜的雪松。

龙子湖的雪松随处都能看到,四季向人们奉献着养眼的绿色,从没引起过人的特别注意。花开了,草青了,我们高兴;花落了,草黄了,我们惋惜。可是雪松呢,它只尽情尽兴地绿着,映衬着鲜花,相伴着芳草,并无半声嗟叹。风来了,吹吧,活动活动筋骨;雨来了,下吧,洗去身上尘埃;霜来了,绿针上涂抹层银光;雪来了,好,经不住雪压,还能叫雪松吗?陈老总说,大雪压青松,青松挺且直。

梓 树

关雎湖西岸，有一片梓树，开白色花，结细长荚果。我最喜欢那荚果，形如豆角，略细，一簇簇挂满一树，秋冬树叶落了，荚果即使全身变得褐黑，仍然挂在那里，眷恋着故木，不忍辞条而去。

梓树有很多别名，譬如花楸、水桐、河楸、臭梧桐、黄花楸、水桐楸、木豆角等。

说是牡丹为花中之王，梓树为木中之王。《书》以《梓材》名篇，《礼》以梓人名匠，停放皇帝棺木的地方称梓宫。

《诗经》中有"维桑与梓，必恭敬止。靡瞻匪父，靡依匪母"。是说家乡的桑树和梓树是父母种的，要存有恭敬之心，谁不敬重父亲？谁不依靠母亲？后人用桑梓来代指父母，扩展代指故乡。人们爱在住家周围植桑种梓，桑树可以养蚕制衣，梓树可制蜡照明。穿衣照明都是关乎着人们日常生活的必需。

梓树嫩叶可食，皮可入药，材质轻巧耐朽，又加上速生，种植效益颇高。

梓可制琴，"桐天梓地"，说的是桐树作琴的上半部分，梓树作琴的底部。

梓树材质好，富纹理，寓意多文采，适宜刻

版印书。古代雕版多用梓木，至今书籍刊印，仍称付梓。

河南商丘市梁园区水池铺乡龚庄村有青陵台，传为宋康王筑，台后有韩凭妻何氏墓。韩凭娶妻何氏，何氏貌美如花，被康王掠上青陵台离宫，韩凭自杀。康王强迫何氏，何氏不从，坠台而死。衣中有遗书，恳求康王能将她与丈夫合葬，康王看后大怒，故意将两人分葬附近，相望而不得聚。两冢各生一梓树，迅速长到地下根须相连，地上枝柯交接，这就是"相思树"和"连理枝"的来历。

石　榴

　　湖心岛上，有不少成片的石榴。据《博物志》记载，石榴是张骞出使西域带回中土的，从西汉到今天已经有很长的栽培历史了。

　　石榴寓意多子多孙、人丁繁盛，在广大农村，只要家里有巴掌大个地方，也要栽一棵石榴。我们家的院落就很小，一共种了三棵树，其中一棵就是石榴树。在城市就不行了，楼房前很少栽树，栽也轮不上石榴，因为它干矮冠大，比较占路，影响行人，所以很少见到在农村几乎家家都有的石榴了。

　　今天能在湖心岛见到成片的石榴，很使人动故乡之思。夏天榴花盛开，火红灼目，气势轩昂，靠近似有热浪袭来，令人心性勃发。花谢实结，由小而大，由青涩而红润，最后皮裂籽笑，香甜满室。来岛上的人们素质也真高，没人去摘，直到干瘪在树上，仍然挂在那里。可能你会说，这石榴不中吃，不中吃就没人摘了。年轻人有好动好玩的脾性，放在以往，摘下来当球耍，也会给你摘去。

　　石榴润喉消积，在老家吃石榴时，奶奶总告诫说，渣不要吐，消食。其实，那时吃饱都成问题，肚里哪有积食可消，现在肚里有食可消了，又流行无籽石榴了。

石榴原产地是伊朗、阿富汗等地，伊拉克出土的4000多年前的皇冠上就有石榴图案，可见石榴栽培历史之长。石榴到中国，先是种植在陕西西安临潼区，所以人们称临潼为"石榴城"。潘岳称石榴是"天下之奇树，九州之名果"。石榴来到中国，带着一身吉祥美好融入中国文化，多子多福呀，榴实登科呀，敬神佳品呀，石榴诗呀，石榴曲呀，一直到美人的石榴裙。武则天有《如意娘》诗："看朱成碧思纷纷，憔悴支离为忆君。不信比来长下泪，开箱验取石榴裙。"武则天作为中国历史上唯一的女皇帝，她是连男人和世界一块儿征服了。

石榴是通过丝绸之路传播来的，在中国生活得比在本土还好，你看岛上的石榴，长得多欢实。如今搞"一带一路"倡议，郑州能否成为重要的节点城市呢？龙子湖科技城能否成为重要节点城市的顶梁柱呢？能否像石榴一样结出多多的科技籽实，好在今日丝路上演出一幕幕多彩的活剧。

当此诸君多努力，捷报如云片片来。

争比榴花红胜火，宾朋五洲此登台。

红　叶

秋天在龙子湖散步，能看到许多红叶，其中有红枫、黄栌、乌桕、北美红栎、南天竹、小檗、建始槭等，常年可见到红叶的有红枫、石楠、紫叶李、紫叶矮樱等。

龙子湖的大片黄栌，是秋季红叶的重要贡献者之一。北京香山的红叶，主要就是黄栌。黄栌树形高大，树叶变红后，一片黄栌绝对能够红出一片天地来。黄栌不但可以观赏红叶，花开时节，也是一片粉红，如烟如雾。唐代宣宗宫人的红叶诗，据说就写在黄栌叶上，因为黄栌叶像一片纸："流水何太急，深宫尽日闲。殷勤谢红叶，好去到人间。"

乌桕树也是主要红叶树种，其叶红不让丹枫。龙子湖有成片成片的乌桕树，树叶经霜变红，烂漫蔽日。树叶落尽时，还挂着一树白色果实，那是有些鸟儿的美食，据说乌桕就是因乌鸦喜食而得名。我曾见不知名的鸟儿，反正不是乌鸦，衔住一个悬吊着的乌桕籽，在空中荡了两个秋千，才把果实啄去。大别山多乌桕树，如果秋天到信阳，看到漫山红叶，里边多有乌桕树。新县箭场河乡，年年都举办乌桕文化节。

湖心岛平安大道路南有多棵栎树，有的人也把栎树叫橡树，专家说二者还是有区别的。秋天树叶由深绿变橙红，叶落前呈褐红。栎树材质不好，在木匠眼里没什么用处，庄子说栎树正是因为没有大用，才保住了性命，得享天年。伶伦湖西岸有一片北美红栎，树干高大，树冠匀称，树叶的红色比较鲜艳。

槭类树是红叶的主角，龙子湖有多种，元宝槭、鸡爪槭，日月湖北岸还有几株建始槭。秋来落霜，叶都会变红。

紫叶李的叶和紫叶矮樱的叶，终生都是红的。

小檗的叶，到秋天也会变红。紫叶小檗的叶常年红着。南天竹的叶，秋天变红后，经久不凋，再加上那红玛瑙般的果实，实为赏叶观果的佳品。

明伦桥西头，有一株火炬树，叶大如掌，秋季叶子变红，果实也是红色，招摇得离好远就能看到它守在桥头。

秋天红瑞木叶也会变红，难得的是人家一身枝丫也是红色。

有这些红叶的渲染，龙子湖的秋天显得十分热烈斑斓。

红　枫

红枫真是个珍物，树形是那样美丽清爽，树叶是那样活泼秀气。

春天，红枫叶一发出来嫩芽就是娇红，等叶片慢慢展开，就是紫红，紫红中泛着银光。知远湖西岸，有两株临水的红枫，映在湖水里，如晨起的红衣少女，正在对镜整理云鬓，散发着青春的气息。几只野鸭，在附近徘徊流连，不忍离去，不知它们是否也恋着红枫。

夏天，枫叶如火，像蒸腾着热气，使人不敢靠近。树上的蝉儿，像被枫叶的热焰烤得长鸣不止，推送着一排排热浪。

秋天来了，严霜经天，枫叶如丹，一株株红枫，像给秋天的大地盖上了戳记，见证着草木苍黄，任万物随时序流变，我只一副红颜面世。

红枫作为常年观叶良木，可能因为太珍贵，龙子湖的红枫没好意思成林，一株两株、三株五株地点缀在万绿丛中，赫然入目，让人如饮一杯上好红酒，香着醉着，润彻六腑。

红枫代表思念和回忆。有大学生告诉我，他们把枫叶制成书签，送给即将毕业分手的同学。大家走上工作岗位后，不管天南地北，不管千山万水，看到夹在书中的红叶，就能想到朝夕相处的同学，就能忆起大学生活的点滴，激发为人修业的活力。

枫叶当然也可以赠送给恋人，那样鲜红的颜色，象征着强烈的思念和真挚的感情。南唐后主李煜在《长相思》词里写道："一重山，两重山。山远天高烟水寒，相思枫叶丹。"

枫叶也有离别的意思，李白在《夜泊牛渚怀古》中写道："明朝挂帆席，枫叶落纷纷。"白居易在《琵琶行》中也写道："浔阳江头夜送客，枫叶荻花秋瑟瑟。"

"枫""封"同音，有画家把猴子画在枫树上，取"封侯"之吉意。

红色历来是中国人喜爱的颜色，热情奔放，吉祥喜庆，所以人们乐于用枫叶作为感情的象征。

槐 树

槐树是最常见的树种之一。关雎湖东岸有大片槐树，估计有近百棵，长得特别高大茂盛，绿雾蒙蒙，树冠挤挨着树冠，甚少有阳光穿透。夏天走在附近，时有凉气袭来，落汗消暑。只是有绿篱隔住，走不到槐荫下乘凉。

槐树的名字，就是因槐荫密晦而来，"槐""晦"音近，故名槐。

槐花白色，形如玉靴，清香馥郁，嫩时可食，蒸槐花已成为城市里的时令佳蔬。除蒸食外，在我们家乡摘下焯过，凉调了吃，比蒸食还要鲜香可口。

槐树材质坚硬，富有弹性，是打造耐用农具的好材料。乡亲们夸奖自家的农具结实耐用，就说："啥木哩？槐木哩，鲁班爷爷定做哩。"

湖心岛上，有几处可见到黄金槐，树枝金黄，春天发出的嫩叶，晶莹剔透，玉黄色泽，一树金贵。

岩石花园里有龙爪槐，树枝低垂如瀑，树冠如柄撑开的绿伞。

听朋友介绍说，湖边有紫穗槐，我没找到，在别处倒见过，一树紫花，别致耀眼。

周代宫廷外有三棵槐树，宫廷内有太师、太傅、太保三公，觐见天子前要站在槐树下等候，此后人们就用三槐喻三公。古人多在门前植槐，祈福子孙能位列三公，槐树也成了中国著名文化树。民间还有"门前一棵槐，财源滚滚来"的说法，招财进宝，也是吉意。

黄梅戏《天仙配》中，槐荫老人又成了媒人，玉成了董永和七仙女的婚事，还有槐下送子的情节。

最著名的槐树，当然是山西洪洞县那一棵了，一句民谣唱得多少人心里软软的："问我老家在何处，山西洪洞大槐树。"明朝初年，洪武帝从山西移民，是从一棵大槐树出发；明朝末年，崇祯帝吊死煤山，是在一棵小槐树，世事真是吊诡。

沈括在《梦溪笔谈》里记有一件趣事，说学士院第三厅前有巨槐，素称"槐厅"，居此厅者多入相。学士为了图吉利，争相入住此厅，以致有人把别人的行李强行搬出，自己住进去的事发生。

杨万里有《槐》诗："阴作官街绿，花开举子忙。"槐树寓意举子们金榜高中，官运亨通。所以，槐树是人们广泛喜爱的文化之树。

榉 树

榉树是落叶乔木，树形高大，树皮平滑，叶子秋季变黄或变红，生长缓慢，材质优良，结淡绿色果实，抗风防尘，皮叶可入药，是国家二级重点保护植物。

榉树寓意智慧，古代多种植在书院或学府中，现在经常被学校栽植在图书馆旁，不但美化环境，还激励学生通过读书学习，获得宝贵智慧。榉树挺拔高昂，秋来一树油亮红叶，显得卓尔不群，给人一种蒸蒸向上之感。

"榉""举"同音，我国古代科举制度，称考生为举子，考中叫举人。说是古代有个秀才，屡试不中，妻子为激励丈夫，就在门前石头堆上种榉树，心诚则灵，榉树真活了，和石头长在了一起，秀才真就考上了。硬石种榉不就喻示着应试中举吗？

江苏金坛把榉树作为市树，青岛有榉林公园，南京大学名人园里，丁肇中等五人种下的就是榉树。

日本琦玉县有榉树广场，日本人菊池善隆以榉树为介，从20世纪80年代组织"绿色祭奠"活动，每年清明节前夕，率悼念南京大屠杀受害者植树访华团，到南京种植榉树，以表哀思。榉树也为推动中日友好做着自己的贡献。

　　河南林州双林寺前，一株近千年的大果榉，成了该寺的寺树，当地人也把它作为一种福寿绵长的象征。

　　你可能会问，说这么热闹，龙子湖有榉树吗？有，我告诉你，知远湖西岸有十多棵，伶伦湖南岸有十多棵。

巨紫荆

龙子湖不但有成片成片的紫荆，而且有很多巨紫荆。尚贤街和修业街的行道树就是巨紫荆。

紫荆和巨紫荆都是先花后叶，开花时紫气蒸腾，密密匝匝，能把枝条开成花棒。紫荆和巨紫荆的最大区别，一个是灌木，一个是乔木。

北方行道树能观花的少，巨紫荆显得有些一枝独秀。春天走在尚贤街或修业街上，路两旁的巨紫荆，一株株擎着紫色的华盖，让人觉得春意正在上浮，正在膨胀，要把道路给盖了，要把天空给遮了。

巨紫荆的观赏时间，不止紫花如蝶的春日。到了夏季可以观叶，其叶心形而有光泽。到了秋季观果，荚果条形像眉豆，初时青绿，继转褐红，分外艳丽。也有人说冬天可以观干，巨紫荆树干直挺，树姿优美。这是一种全节候的观赏树种。

巨紫荆作为行道树被广泛栽植，不能不提到一个人，他就是"四季春一号"的选育者、河南四季春园林艺术工程有限公司的掌门人张林。

1985 年，张林在公共汽车上，发现公园里有一株满树繁花的大树，查遍资料，访遍专家，竟不知此树是何树。他只能自己观察采种，作为彩色马蹄莲的辅助树种试验种植。直到 2002 年一次偶然机会，经"珙桐之父"张家勋老师推荐，才知道这就是自己苦寻多年的巨紫荆。后经多年艰苦探索，终于选育出"四季春一号"巨紫荆，为北方行道树增添了一个亮丽的新秀。

"四季春一号"巨紫荆树，作为观赏乔木，花朵繁密，花色玫红，花时早，花期长，种植后赢得了很多美誉。如："像法桐一样高大，似樱花一般灿烂。""种上一条路，惊艳一座城。"

紫荆是香港特别行政区的区花，也是中国传统文化中象征兄弟亲情之花。南朝时，京兆尹田真与兄弟田庆、田广分家，其他财产已分完，只剩院里一棵正开花的紫荆树，三兄弟商量把紫荆树截为三段，各分一段。时已天晚，等第二天三兄弟去砍树时，发现紫荆已经枯萎，花落满地，三兄弟感慨"人不如树木也"，于是停止了分家，复合一处，和睦如初。紫荆似乎通人性，又焕发了生机，重新长得花繁叶茂。

我想啊，兄弟们要是有矛盾不好解决，不妨相携去尚贤街和修业街转转聊聊，什么疙瘩解不开呢？什么能胜过兄弟亲情呢？一娘同胞的兄弟可以，异姓兄弟也如是。

苦 楝

楝树不是绿化树种，关雎湖西岸散植有九棵楝树，这是村庄搬迁时留下的，原先长在谁家院里，谁就是原来的主人，已无从问讯。

楝树枝条疏朗，羽状复叶，叶片不大也不密。开淡紫色碎花，有芳香，结圆形果实，至秋变黄，挂一树金铃，所以别号金铃子。

楝树材质细密坚韧，多用来造屋或打制家具，是北方农村常见树种。你要到农村去，随处都能见到。

楝叶味苦，不生虫蝇。南方用楝叶包粽子，投江祭屈原。楝叶味苦，老龙不食，屈原才能享祭。

楝果，我们家乡叫楝枣，学名叫楝实。楝实即练实，是凤凰的吃物，就像箭竹之于大熊猫。庄子说凤凰："非梧桐不止，非练实不食，非醴泉不饮。"可见龙子湖留植几棵楝树是有远见的，常说筑巢引凤，难道我们备好了盛宴，凤凰还不光顾这湖心岛吗？人才还不来这岛上创业吗？

我在老家时，住房的窗户外就有棵楝树，树影斑驳，姗姗可亲，伴我睡眠，陪我读书，我就对楝树产生了一种特殊的好感，过来过去，总要伸手摩挲一下它那光滑爽净的树干。

散步时总发现有人在楝树下锻炼身体,那棵最大的楝树有几根粗壮横枝,离地面很近,年轻人可以放上去压腿,没人时我走近看过,被磨得光亮。据说这树枝原来距地面也有些距离,只因下面堆了湖泥才变成了今天的样子。楝树已经很高大了,人是撼不动的,小伙子的腿放上没事,姑娘们的玉足放上更没事。练就练吧,谁让咱叫楝树呢,此楝彼练,反正都是练,只要对你身体有好处,就练吧。

农村还有一句顺口溜:"四月八,打楝花。男十七,女十八。"说是一对男女合采的楝花,治病有奇效。

王安石有首写楝花的小诗《钟山晚步》:"小雨轻风落楝花,细红如雪点平沙。槿篱竹屋江村路,时见宜城卖酒家。"读来觉得王安石就是在龙子湖晚步时写的。

石　楠

龙子湖畔，触目都有石楠。

石楠的别名有千年红、红树叶、水红树、山官木、凿木、扇骨木、猪林子、石岩树等，在陕西西康一带叫"巴山女儿红"。

石楠是常绿树种，树型有灌木也有乔木。灌木石楠，非常耐修剪，园艺师可恣意创作，任你剪成球形，剪成绿篱，剪成方阵，剪成飞鸟，剪成走兽。灌木石楠可剪，要是乔木石楠，你只能美化美化树冠，大树可不是能随意摆弄的。

石楠的花是圆形的，白色花瓣，细毛茸茸，结的果是红色的，像无数个舍利子，闪着晶莹的光彩，只有到了将落时节，才变成褐紫色，显得老成持重起来。

我最喜欢石楠的叶，区分石楠品种还就是按叶说的，譬如光叶石楠、毛叶石楠、红叶石楠，这些品种龙子湖都有种植。光叶石楠的叶，带革质，光滑无毛。毛叶石楠的叶，略薄，双面有毛，尖细缘齿。红叶石楠的叶，带革质，叶面绿中泛光，叶背平滑无毛。红叶石楠，过了冬天，到了春天，竟还一树红叶，维持着浓浓的秋意。

石楠生发的新叶，也是火红色。灌木石楠修剪后，会很快生发新叶，新叶不是催落老叶，而是完全掩去老叶，单株的变成了一团火球，成片的变成一片火海。红得气势恢宏，红得大气磅礴，哪怕隔着树丛，离好远就能看到那里生长着一片石楠。

石楠是北方常见绿化树种，易栽植。我始终弄不清楚它为什么有这么一个好听的名字。当一个石字用在树上，就够坚硬的了，又加了个"楠木"的"楠"字，楠又是最坚硬密实的珍贵树种。

新西兰有一个著名旅游城市但尼丁，每年都举办石楠花节，可见当地人是多么热爱石楠。在日本寺院，释迦牟尼生日要举行花祭，花祭主要用石楠花。老百姓也采石楠花，插在家里做花祭。

唐代诗人王建有诗："留得行人忘却归，雨中须是石楠枝。"一次我冒着小雨走在湖边，发现雨洗过的石楠，绿叶平添一层翠，红芽更饶三分娇，真能留住行人。

海　棠

西府海棠、垂丝海棠、贴梗海棠和木瓜海棠号称"海棠四品"。这四种海棠在龙子湖都有，此外还有大片北美海棠和八棱海棠，春来花发，龙子湖简直成了海棠香国。

海棠的花蕾是深红色，配着嫩叶，点氹朱砂，漫染胭脂。花盛开时，灿若云锦，天工画图。不同品种有不同花色，但都娇艳可爱。所以人们又称它是"花中神仙""花贵妃"。陆游赞它"虽艳无俗姿，太皇真富贵"。

周总理生前特别喜欢西花厅那株海棠，花开时邀请亲戚朋友和工作人员前去赏花。他去世后，邓颖超睹花思人，写下了《西花厅的海棠花又开了》的文章，追忆她和周总理五十多年相濡以沫的革命生涯。

西府指宝鸡，宝鸡的市花就是海棠。西府海棠属小乔木，树形俏拔，如高挑美女，亭亭玉立。西府海棠的花朵，正面粉红，背面大红，浓淡相宜，娇弱有致。

垂丝海棠也是乔木，树干直立，树冠开展。因花梗细弱，花朵下垂如吊钟，花色紫红，如贵妇醉酒，开得比西府海棠热烈奔放。宋代诗人杨万里赞曰："垂丝别得一风光，谁道全输蜀海棠……

懒无气力仍春醉，睡起精神欲晓妆。"

贴梗海棠属于灌木，枝条丛生，因花梗短，花朵紧贴树枝，所以叫贴梗海棠。花时略早，大红色，娇艳欲滴，美丽大方。

木瓜海棠品种繁多，有的可观果，有的可赏花。花色有深红、浅红、纯白、浅绿等，常见的日本海棠就是木瓜海棠。陆游称赞曰："蜀姬艳妆肯让人，花前顿觉无颜色。"

据说有文人常恨海棠无香，但蜀海棠有香。它产自古昌州，即现在的重庆市大足区，这里号称海棠香国。四川乐山市即古嘉州，嘉州有海棠山，也自称海棠香国。据史料记载，嘉州称海棠香国要比昌州晚了许多，但如今乐山的市花也是那有香气的蜀海棠。

不能只说海棠花，有花即有果，几种海棠都结果，有的可观，有的可食，有的可药。夏日走在湖边，看那满树海棠果，压弯了枝条，压低了树冠，别有一番风致。

重阳木

龙子湖环湖路的行道树，隔五棵银杏树间植一株重阳木。这两种树都有长寿树的美誉，论生长速度银杏比重阳木慢得多，同时栽植，苗木大小相近，十来年的光景，重阳木已长成参天大树，银杏还像个青春期的小伙儿。银杏在别处谈，这里专说重阳木。

重阳木又叫重阳树，这名字就喜庆。中国的重阳节可是个重要节日，历史悠久，文化内涵丰富。尊老敬贤，登高怀远，赏菊饮酒，祈福禳灾，相关活动多了去了。人家重阳木就占了这个美好节日的名字，既然重阳是至阳，重阳节主要是敬老，重阳树身上又长有寿瘤，人们把这种长寿树叫重阳木，也就顺理成章了。

传说有一年重阳节，张果老骑驴来到人间，在一棵大树下歇息，不知不觉睡着了，醒来时发现毛驴满嘴是血，原来是因为毛驴吃了落下的树叶染红的。张果老就问一个恰巧经过此处的老农这是什么树，老农告诉他叫"血树"。张果老跟老农说，"'血树'这个名字挺吓人的，今天是重阳节，不如叫重阳木。"老农听后，觉得叫重阳木比叫血树好，就告诉乡亲们，以后就都叫重阳木了。

重阳木既耐旱，又耐湿，适应性很强，可孤植，可丛植，也可行植。因为树形高大，能防风固沙，也能吸尘滞埃。秋天重阳木树叶转红，十分壮丽美观。

重阳木材质好，坚韧细匀，色红放光，纹理美观，防潮耐腐，造车船、制家具可代紫檀。根、叶可入药，果可榨油酿酒，全身是宝。

明万历《沅州志》把一株千年重阳木列为"沅州八景"之一，人称之为"千岁树"。地上早有千年树，世间难见百岁人。传说人们摸摸这棵树就能延年增寿。

江西修水县黄庭坚纪念馆内有两棵重阳木，传是黄庭坚手植，至今仍枝繁叶茂，看了使人想起黄氏那铁画银钩的浩荡书风。

2014年1月22日的《人民日报》刊载有梁衡先生的一篇文章，题目是《寻找湘潭"元帅树"：彭老总保护重阳木的故事》。1958年12月17日，彭德怀元帅回家乡调研时，在湘潭县黄荆坪村流叶河旁，发现一群人正在为大炼钢铁砍伐一棵高大的重阳木，就走上前去劝阻说："这么好的树，长成这个样子不容易啊。你们舍得砍掉它？让它留下来在这桥边给过路人遮点荫凉不好吗。"彭老总喝止了砍伐，救下了这棵树，人们就把这棵重阳木叫"元帅树"。这棵重阳木今天仍孤傲地生长在那里，斧痕仍在，向人们诉说着那个年代的风霜雪雨。梁衡先生在篇末还赋诗一首，不妨抄来共赏：

元帅一怒为古树，喝断斧钺放生路。
忍看四野青烟起，农夫炼钢田禾枯。
谏书一封庐山去，烟云缈缈人不复。
唯留正气在人间，顶天立地重阳木。

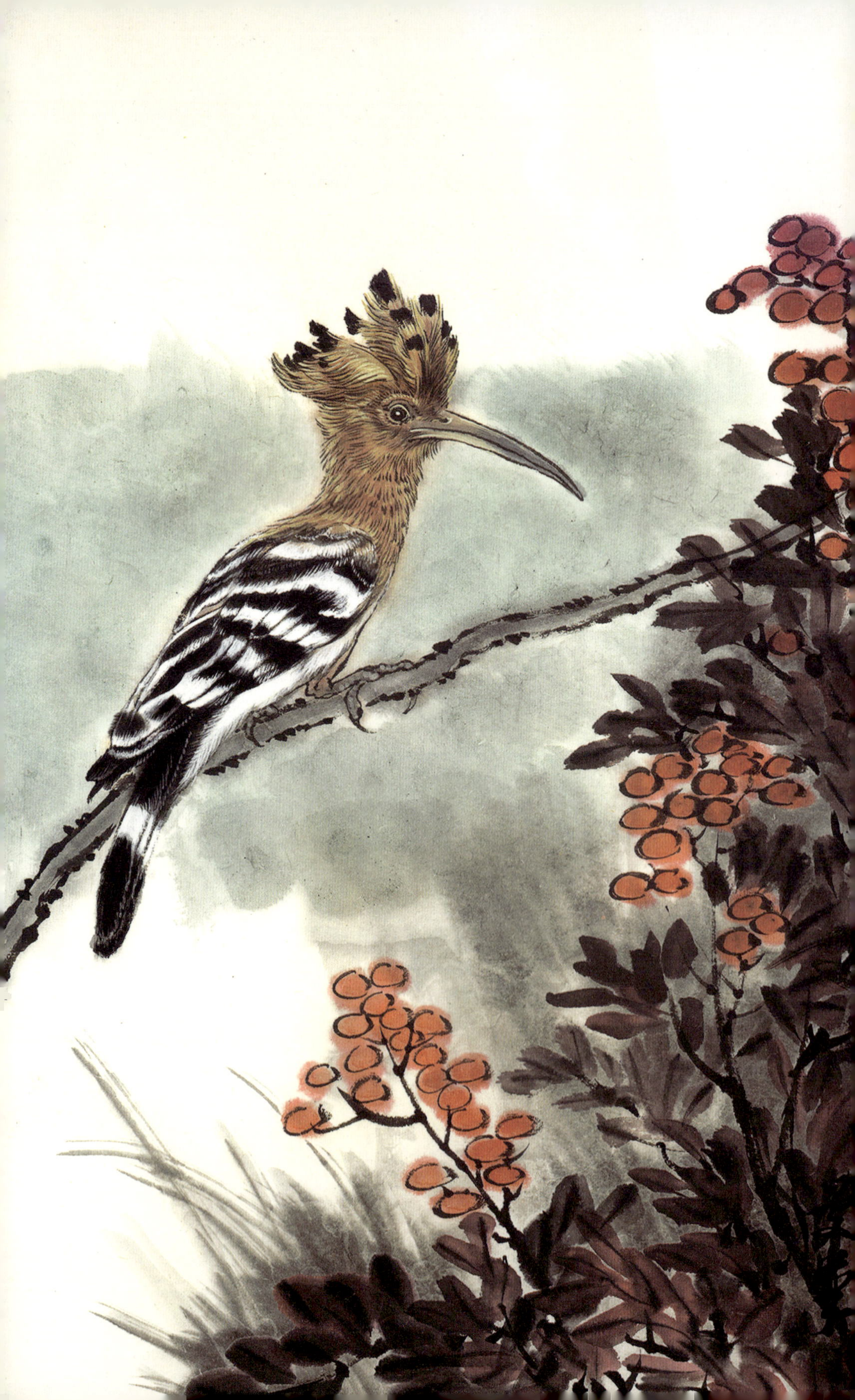

卷肆

星眈花冠道士衣紫陽宮女化
貞飛㷊傳上界春消息若到
逢山莫放歸

喜 鹊

在龙子湖，除了麻雀，就数得上喜鹊"鸟"丁兴旺了。

草坪上有喜鹊在漫步，在觅食。树上，我是说各种树，都能看到喜鹊在那里理羽捉虫，打闹玩耍。低压线杆，高压线塔，喜鹊都能营巢安家，生儿育女。随处可食，四处可栖，安处即是吾乡，喜鹊不愧为坚定的留鸟。

喜鹊和人类非常亲近，整天弄得跟一家人似的。中国人认为喜鹊是吉祥鸟，可以报喜，所以叫它喜鹊。"喳喳喳，喳喳喳，你有好事要到家。"从小就听大人们这样说。喜鹊的叫声实在称不上悦耳，可是听了并不心烦。你想想，人家报喜来了，你还能嫌人家嗓门大，嫌人家喉咙嘶哑？

儒家就认为喜鹊的叫声好听，不管刮风呀下雨呀，呼朋呀唤友呀，春夏呀秋冬呀，新生呀老死呀，喜鹊叫出来都是一个音调，只有圣人君子才能这样坚毅恒常、始终如一，好鸟。

春天一来，喜鹊的高兴劲儿胜过其他鸟，不是在草坪里蹦跳，就是在树枝上打闹。站在稍硬的树枝上，还能消停一会儿，但嘴不消停。要是站在柔软的柳枝上，又是摇，又是摆，尾巴忙得又是勾，又是撅，最终还是立不住，只好咋呼着急促飞起。周围有硬枝的树多着呢，换树呗，它不，它继续找柳树，重演前一次的失败过程，乐此不疲。我想它们并不是不知接受教训的笨鸟，而是像刚脱掉棉衣的儿童，在那里撒欢儿呢。

一天，我正在散步，一只喜鹊愣是擦着我的头顶飞过去，使我愕然一惊，这也太不把自己当外人了。喜鹊要是在那里找食，离你远当然不睬你，各行其事，互不相扰。离近了，它抬头看看你，继续低头找食，再近些，它往一边挪两步，大有不踩尾巴不飞的架势。好像说，路宽着呢，走恁近干啥，也不怕我绊倒你。实在太近了，才不情愿地飞走，绝不飞远，就落在附近，等你走开了，它也许再飞回原处，可能那里有它刚才发现的好东西还没吃完呢。

现在的喜鹊都胖墩墩的，毛色发亮，说明食物充足。有时看它们在草坪上徘徊发呆，并不急着觅食，看来不用终日忙碌就能饱腹。

我很喜欢喜鹊的飞行姿势，特别是将要落地的瞬间，像架轻型直升机在表演，翅膀展开不再扇动，或笔直或画成弧线，稳稳地落在地上。

人和人会打架，喜鹊之间也会干仗。在龙子湖北路旁一座通讯塔上，有两个喜鹊窝，有一天我发现有约二十来只喜鹊,围绕着通讯塔在飞舞盘旋,能看出是在干仗。从未见过的热闹场面,真像人类的激烈空战,持续很长时间,引得不少路人驻足。因为它们装束一样,打仗时也不换军装,可喜鹊能分清敌我,但我们却看得一塌糊涂,就是场混战。没等鹊战结束,我就揉着仰疼的脖子继续散步去了。

喜鹊不是光亲人,和其他鸟类也能和平相处。周围一群叽叽喳喳的麻雀,它也能若无其事地做自己的营生。同一草坪上,有几只斑鸠,它仍在那里悠闲觅食。看到同一岸边,喜鹊和其他鸟儿站成一排饮水,互不排斥。这样合群的鸟儿谁会烦它呢?谁不愿做它邻居呢?

喜鹊我喜欢,灰喜鹊我更喜欢。喜鹊的羽毛大白大黑,有些俗气,灰喜鹊就不同了,银灰色羽毛,深浅过渡均匀,显得雅洁爽净。一次我在草坪上惊起一只灰喜鹊,它飞起来想落在附近一棵法桐树的树干上,结果失败了。法桐的树皮太光了,它抓挠不住。这家伙并没有马上飞走,而是滚着小眼睛看我,像个害羞的孩子,我想它是觉得最当家的活给弄砸了,真丢人!我没笑话它,反而觉得更可爱。我想,如果不是我突然出现,使它慌不择树，也不会有这份尴尬。我故意扭过脸去，不再盯着它看，以免延长尴尬气氛，脚步也随着偏向一边轻轻走过。回头看它，它又悠闲地找起食来。

关于喜鹊最优美的传说就是"鹊桥相会"了。每年农历七月初七，织女要渡过银河与牛郎做一年一度的约会，苦于无桥无舟，喜鹊就勇敢地用自己的身体搭成鹊桥，帮织女过河，舍身玉成牛郎织女的美事。七月初七这天也被人们视为中国的情人节，喜鹊也被视为爱情之灵鸟，叫灵鹊。古人认为，鹊脑入酒能令人相思，称喜鹊为相思鸟。所以鹊桥相会的传说才那么深入人心。

喜鹊恶湿喜晴，晴则噪，故称阳鸟。《易经》中有"鹊者阳鸟，先物而动，先事而应"，认为喜鹊有感应预兆的本领。

喜鹊从古到今，都是中国传统文化中一个突出的美好意象，出现在各种文化生活中，比如农谚、歌谣、剪纸、刺绣、绘画、陶瓷、建筑、对联、诗词等，都能见到喜鹊的倩影。

翠 鸟

湖边散步时常能看到翠鸟。这种鸟浑身艳丽，背部和面部的翠蓝色更加醒目，所以就有了翠鸟这样亮丽的名字。

翠鸟经常立于水边的树上，长时间盯着水面的动静，一旦发现有鱼游动，会像箭一样射向水面，等它急速跃起时，嘴里已叼着一条小鱼。

为了逮鱼方便，翠鸟也会立在欲绽的荷苞上，离水面更近，成功率更高。我真想给画家出个类似深山隐古寺的画题，让他们画一幅红荷立翠捕鱼图。难点是要立就难表现捕，要捕就难表现立。

有一天，湖边的一个指示牌上落了只翠鸟，我发现它时它正盯着水面。我想用手机照下来，虽然离得有一定距离，但还是被它发现了，它把头扭向我，我抓紧拍了几张，心想这小鸟还挺配合的。我走到了另一个方向，它把头也转到另一个方向看着我，我忍不住又拍了几张。走出一段距离，再回头看，翠鸟仍站在那里，不过已不再看我，而是重新盯向了水面。赶快走开吧，我钓鱼时也不喜欢有人来打扰。

我还见到过站在芦苇上的翠鸟，它身体虽然很轻，却压得芦苇仍有些摆动，像小孩子在玩跷跷板，只是摆动幅度很小，不耽搁它两眼盯着水面，时刻准备捕获眼前的猎物。

翠鸟可是诗人最爱题咏的对象之一。

蔡邕《翠鸟诗》中有:"翠鸟时来集,振翼修形容。"

张九龄《感遇十二首(其四)》中有:"侧见双翠鸟,巢在三珠树。"

苏东坡《戚氏·玉龟山》中有:"瑶池近、画楼隐隐,翠鸟翩翩。"

张宪《春登永安寺》中有:"野烟啼翠鸟,庭草卧青牛。"

张鹏翮《翠鸟》诗中有:"衔鱼翠鸟栏干立,也爱南园草阁凉。"

国学大家马一浮《翠鸟》诗中有:"独怜翠鸟烟波外,犹向晴天立钓矶。"

"翠"字这么响亮,能被一种小鸟占去,不简单。

白头鹎

忘记是小学几年级的语文课本上，有看图识字，其中有白头翁，画的是一截树枝上立着一只白头小鸟，印象非常深刻。

不知是家乡缺少白头翁这种鸟，还是粗心没留意，反正儿时对它没一点记忆。

后来每当看到白发老人，就想起白头翁，就想起课本上那只小鸟。甚至读到卓文君的《白头吟》，课本上那只小鸟也能忽然飞到眼前来。

如今自己已退休赋闲，皤然一翁了，靠着染发才留下一丝青春的假象。在龙子湖边，能经常看到白头翁在跟前飞来飞去，更换着各种调门欢叫，似在提醒我，老头儿，头发别染了，再染也年轻不了啦。

查资料才知道白头翁是俗名，白头鹎才是人家的学名。它以害虫为食，是农林益鸟，值得保护，甚至有人把它和麻雀、绿绣眼并称为"城市三宝"。

白头翁的眉羽和枕羽皆为白色，越老眉羽越白，因而人们视其为鹤发童颜的长寿象征。有画家把两只白头翁和牡丹画在一起，叫作"富贵白头"，其意是夫妻白头到老，幸福美满；有的把两只白头翁和常春藤画在一起，叫作"长春白头"；有的把两只白头翁和海棠画在一起，叫作"堂上双白"；有的把两只白头翁和蟠桃画在一起，叫作"桃实白头"。总之，都是祝福夫妻长寿、白头到老的意思。

北宋诗人魏野有首《白头公》诗，读来颇通我心。全诗为："有何辛苦有何愁，个个林间尽白头。细叶累巢花影暖，微虫共禽竹阴秋。清音岂许黄莺伏，素羽曾叫白鹭羞。唯尔鬓毛应似我，相逢不用话因由。"魏野虽不是大诗人，其《草堂集》却折服了辽国皇帝，辽国皇帝读了上半部，又专门派使节到宋朝索取下半部。魏野一生清贫，不愿做官，自筑草堂于陕州东郊，植竹栽树，开土引泉，悠游林下，死后皇帝旌表为"陕州处士"，他居住的草堂也被誉为陕州八景之一"草堂春晓"。

如果有白头翁飞到家里，人们认为是吉祥之兆，寓意送来了健康，送来了财运。

白头翁也是一味中草药的名字，清热解毒，医圣张仲景就有白头翁汤，以白头翁为君，配伍黄连、黄柏、秦皮，专治痢疾。

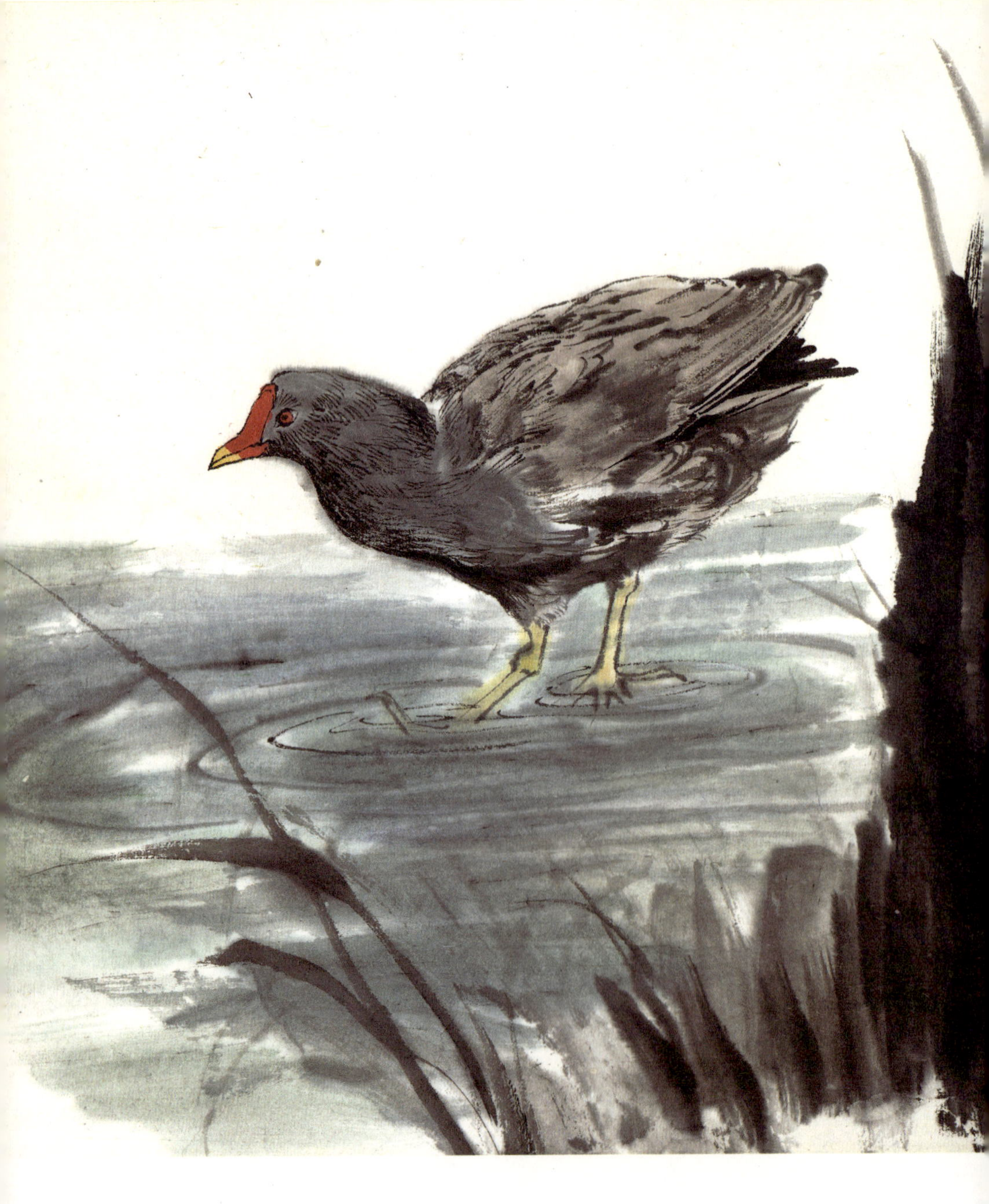

黑水鸡

刚开始不知道黑水鸡的名字，我就叫它红脸儿，因为它的额甲赭红。

黑水鸡喜欢在岸边浅水区活动，一般不到深水区去。看那样子随时都能找到吃食，因为它总在一刻不停地走着啄着。它的走姿实在说不上端庄，随着步子尾巴一撅一撅地开合抖动，亮出尾部那仅有的几片白羽。

有时黑水鸡会跑到岸上的草坪觅食，见有人来，如果离水面不远，会迅速跑回水里，不到万不得已是不起飞的，即使起飞，也飞得很低，飞得很吃力。如果离水面较远，就干脆钻进附近灌木丛中躲躲，等人走过，再钻出来继续找食。

黑水鸡身量轻，能轻松地走在荷叶上而不下沉。细脚伶仃，可以在草坪上毫无羁绊，可以在泥塘滩涂如履平地。

黑水鸡之间有时也会发生打斗，我有一次看到水面有两只黑水鸡，先是追逐嬉戏，一只扑扇着翅膀贴着水面朝前飞，一只在后扑扇着翅膀追，激得水花四溅。前边一只眼看被追上，潜水而逃，再在很远处浮上来，嘎嘎叫两声，好像说，有本事再来，累死你。另一只向这边看看，见好就收，也不再纠缠，在那里打转喘息。

龙子湖的黑水鸡很多，一年四季都能见到。有时单只出现，有时两只出现，最多时一群有十多只。到了冬季，工人把芦苇收割了，我担心黑水鸡的家没有了，可是白天仍能零星地看到它们，只是见不到成群的，真不知它们在何处栖息。

2019年夏季，武汉市发生一起"吵死"黑水鸡的案件。市民李某，在黄陂桥下发现有很多水鸟栖息，遂动了口腹之欲。针对水鸟怕噪声的习性，深夜携带扩音器，对水鸟发出干扰噪声，一下子捉住十多只。正当他要满载而归时，被巡逻民警抓获，李某捉的正是黑水鸡。法院受理后，李某以构成非法狩猎罪，被判处拘役3个月，缓刑6个月，赔偿国家野生动物资源损失，并公开道歉。事后，李某对自己的行为后悔不已。

但愿龙子湖的黑水鸡，没有法盲对它们动歪点子，能永远安居此处，日日相见，年年为邻。

骨顶鸡

骨顶鸡我也是到龙子湖才见到的，开始把它和黑水鸡都当成野鸭，骨顶鸡个头儿大些，黑水鸡个头小些。二者最明显的区别是额甲的颜色，骨顶鸡额甲是白色，黑水鸡额甲是红色，初时不识它们的学名，就把骨顶鸡叫白脸儿，黑水鸡叫红脸儿。

骨顶鸡通体黑色，只有尾部有些白羽，两性差别很小，很难辨认，刚孵出的乳鸟，额甲却呈红色。

骨顶鸡形态憨厚，行动也不敏捷，常成群浮在湖面，最多时能达到上百只，单独活动或双双活动的少。被惊动时会迅速钻进苇丛，或潜入水下，万不得已起飞，还需要助飞一段距离才能飞起。飞起时动静很大，其实既飞不高也飞不远，似乎它就是龙子湖的主人，本不打算高飞远去。

骨顶鸡把自己当成龙子湖的主人也有几分道理：一是湖面上的水鸟骨顶鸡数量最多，二是一年四季坚守在龙子湖不离不弃。别的鸟儿是天气暖和时来了，水草丰美时来了，鱼虾多时来了，稍不如意就飞走了。可骨顶鸡不是，食物少了不走，作为家窝的芦苇被割了不走，下霜落雪了也不走。我就见到满湖结冰的时候，骨顶鸡就扎堆在一处没有结冰的很小的区域，瑟缩着坚守不去。我想那不是没有结冰，而是骨顶鸡用自身的热量把冰暖化了，暖得湖水也不忍心结冰了。没有了苇丛，没有了遮挡，它们只能彻夜栖息在水里，你无论多早起来去湖边走动，成群的骨顶鸡就在那里。我打心眼儿里赞成它们来做龙子湖的主人。

骨顶鸡之间互相打斗时也很激烈，只是看不明白它们打斗的因由，是为争地盘，是为称霸王，是为交配权，是为求爱，说不清。只见一只贴着水面飞逃，另一只贴着水面飞追，搞得动静很大。有时前边的一只突然潜入水下，后边的一只用力过猛，失去目标后，仍然冲出好远，停下后茫然四顾，不见对手踪影，显得百无聊赖。过了一会儿，前边的一只才在很远的地方钻出来，双方相互看看，都无心恋战，打斗到此结束。有时两只骨顶鸡互不相让，四只爪子对扣在一起，一会儿你把我捺入水下，一会儿我把你捺入水下，总要五六个回合才能分出胜负，落败方水遁而逃，胜利的一方咔咔叫两声，高昂着头转圈看看，见其他骨顶鸡对它们的打斗熟视无睹，自己也兴趣索然了。

骨顶鸡虽然叫声单调短促，但却是很有家庭责任感的鸟类。据说幼鸟出壳即会游泳，由父母带着出外觅食，一窝有三只的，有五只的。小鸟只管相互嬉戏游玩，成鸟捕捉到食物就回过头喂食小鸟，小鸟们互相争食，看着小鸟吃下后，成鸟一刻不停地继续出去觅食。其乐融融的一家，令人欣羡。

伯　劳

伯劳比较常见，我们家乡叫胡不拉。

别看伯劳个头儿不大，性情却刚烈凶猛，有"小猛禽"之称。据说它可以啄死蜥蜴、蛇、鼠、青蛙，甚至杀死别的小鸟。伯劳善于把猎物挂在棘刺上撕吃掉，所以人们还送它一个"屠夫鸟"的恶称。

伯劳有锋利的趾爪，它常站在芦苇梢头或灌木顶枝上向四周张望，一旦发现目标，疾下捕食，手段利索干净，绝不拖泥带水。

在知远湖西岸的草坪上，我曾目睹了一场伯劳猎杀麻雀的惊人场面。一只麻雀正在觅食，一只伯劳冲下来把它按在地上，麻雀扑棱着翅膀拼命挣扎，伯劳迅速啄了两嘴，但麻雀还是挣脱了。可能是受了重伤的缘故，麻雀飞不远又摇晃着落在了草坪上，这次伯劳飞过去捕住后，麻雀再没能挣脱。初开始我还以为是两只麻雀斗架，后来看清有只是伯劳。伯劳捕杀麻雀后，并不当场吃掉，而是叼着和自己大小相当的猎物，找个便当的地方美餐。

伯劳虽凶，但对其子也有拳拳爱心。有一次看到它叼着一个虫子耐心地喂小伯劳。说它耐心，一是看到小伯劳完全捉稳食物它才放嘴，二是看到小伯劳完全吞下食物它才飞走。当时我想起了鲁迅先生那首《答客诮》："无情未必真豪杰，怜子如何不丈夫？知否兴风狂啸者，回首时看小於菟。"伯劳的叫声有些粗犷，有时像微型冲锋枪的连击声，有时像戏剧演员的夸张笑声，声音不一样，我估计是不同的品种。

伯劳在《诗经·豳风》中被称为"鵙"，有"七月鵙鸣"。后经李时珍详细考证，鵙就是伯劳。

南朝梁武帝萧衍的《玉台新咏》中有《东飞伯劳歌》："东飞伯劳西飞燕，黄姑织女时相见。谁家女儿对门居，开颜发艳照里闾。南窗北牖挂明光，罗帷绮箔脂粉香。女儿年几十五六，窈窕无双颜如玉。三春已暮花从风，空留可怜与谁同。"遂留下个"劳燕分飞"的典故，寓意是夫妻、情侣的分离，后来也扩展到亲朋好友的别离。

上古时期，以五种候鸟的迁徙时间制定历法，《左传·昭公十七年》中有："我高祖少昊挚之立也，凤鸟适至，故纪于鸟，为鸟师而鸟名。凤鸟氏，历正也；玄鸟氏，司分者也；伯赵氏，司至者也；青鸟氏，司启者也；丹鸟氏，司闭者也。"其中"伯赵"就是伯劳，伯劳夏至来冬至走，所以掌管夏至和冬至。

周宣王时，太师尹吉甫亡妻留子伯奇，继室

不容伯奇，屡加陷害，尹吉甫冤枉了伯奇，伯奇投河而死。次子写诗怀兄，尹吉甫明白真相后，异常后悔。一日尹吉甫外出，见一鸟鸣于桑，其声凄切。他触景伤情，认为此鸟即为伯奇所化，就对那只鸟儿说："伯奇劳乎？是吾子，栖吾舆；非吾子，飞勿居。"换成现在的话就是说："伯奇你受苦了，你要真是我的儿子，就落在我车上吧。要不是我的儿子，赶快飞走吧。"没想到那只鸟果真落在了车子上，尹吉甫把鸟儿带回了家。鸟儿不愿进屋，就栖息在外边的井栏上，尹吉甫继室嫌恶其叫声，想把鸟杀掉，尹吉甫大怒，用箭射死了她。"伯劳"就成了这种鸟的名字。

乌 鸫

乌鸫名副其实，除了眼圈和喙是黄的，通身羽毛都是黑的，连腿脚也是黑的，人家应该姓乌。

乌鸫的叫声婉转多变，时而如箫，时而如笛。不但自己善鸣，而且能模仿其他鸟的叫声，所以还赢得了两个和舌头有关的名字，一个叫百舌，一个叫反舌。这就和有些歌唱家被誉为"草原百灵""天籁之音"差不多。

经常见乌鸫在地面觅食，能看到一只，不远处还能发现另一只，最多时我看到过六只，但很少见到单只的，也没见过更多的。这种现象令我想到老子那小国寡民的理想社会。

乌鸫在我国有悠久的驯化历史，人们一直把乌鸫当成和八哥一样的珍禽。乌鸫和八哥最大的区别是脚爪，乌鸫的脚爪是黑的，八哥的脚爪是黄的，都是因善鸣为人们所珍爱。可是在龙子湖每次都能见到乌鸫，偶尔才能见到八哥。

乌鸫的叫声好听，有不少人喜欢，但要饲养却不容易。成鸟气性很大，能撞笼而死。如果真要养，最好养幼鸟。

乌鸫多有诗人吟咏，如宋代诗僧饶节有《百舌》诗："多能百舌弄春晴，解作春风百鸟声。独立高林千尺上，黄鹂无数不能鸣。"宋代诗人文同也有《百舌鸟》诗："众禽乘春喉吻生，满林无限啼新晴。……就中百舌最无谓，满口学尽众鸟声。"这些都是在称许乌鸦的善鸣。

据说乌鸦是因为全身乌黑，长得确实不漂亮，才去苦练歌喉，最终赢得人们的青睐，这点倒是值得一些学子学习。如果你长得不漂亮，不要怨天尤人，你把学习搞好，一样能活出精彩的人生；如果你家庭条件很差，不要去跟富有家庭的学生比吃喝穿戴，要比比学习，取得优异成绩，照样能收获老师同学的认可。

据说塞尔维亚语中的"科索沃"，就是来自乌鸦，科索沃波尔耶的意思就是"有乌鸦的地方"。科索沃战争期间，真不知那里的乌鸦受到怎样的惊吓，发出怎样凄苦的叫声！

美国诗人华莱士·史蒂文斯对其貌不扬的乌鸦情有独钟，他那篇《十三种看乌鸦的方式》，很有些名气。

乌鸦是瑞典的国鸟，曾被印在邮票上。

麻　雀

　　麻雀哪里没有呢，随时随地都能看到，太平凡了，太不起眼了。司空见惯的事情就不警觉了，唾手可得的东西就不怜惜了，交情浅薄的人就不珍爱了，这或许是我们人类最容易犯的毛病。麻雀虽小，还真想在这里说说。

　　小时候能亲近的鸟儿，也就是麻雀了。有喜鹊，有斑鸠，有乌鸦，有紫燕，有老雕，有老鹰，可你不是近不了，就是近不得。麻雀不同，哪怕你因无知伤害过它们，它们仍然来看望你，仍然落在院里和你做伴。大人都去田里干活了，没谁安抚你幼弱的心灵，你不能忘了有一群麻雀在跟前蹦蹦跶跶给你跳舞，啾啾唧唧给你唱歌。当你擦干眼泪去追逐它们，它们飞起落下，落下飞起，使你也变成了一只快乐的小麻雀。

　　你出外求学了，你出外工作了，当你偶尔回到家乡一次，家人和乡亲在亲热你，你注意到院里树上的麻雀了吗？你回来了它们也高兴，它们在欢呼，它们在雀跃。人太多了，它们无法和你更亲近些。

　　你从农村来到了城市，过惯了城市热闹喧嚣的生活，可是当夜深人静时，当逢年过节时，你总是想起家乡，想起亲人，何人不起故园情，心里那份柔软，那份乡愁，美酒难以消解。你看到落在窗台上的麻雀了吗？它们也从乡村来到了城市，它们也适应了城市的喧闹，它们也在城市落了脚，就是为了一解你的故乡之思。告诉你家乡有麻雀，城市也有麻雀，它们代表着故土风物，此心安处是吾乡。所以有人把麻雀列为鸟类"城市三宝"之一，甚得我心。

退休了就经常到湖边散散步，清风明月无常主，现在有时间做主人了。过去行色匆匆，你不知道树已经绿了，花已经开了，昨天霜大，今天雨小，不是自然界没有发生，而是引不起你的注意。现在好了，现在什么树先绿你知道，什么花先开你知道，什么鸟先叫你知道，那麻雀呢，你走到哪儿它跟到哪儿的麻雀你看到了吗？你看到了，你经常看到，可你没领会那份温情，你可能熟视无睹，丝毫激不起你心中的涟漪。

麻雀就在你走过的路旁、草坪、花间、树梢、水岸。你进城后衣装换了它们没换，乡音改了它们没改，恐怕你未必认得出它们那一抹故乡的底色。不要瞧不上它们，世界没有了它们，我们或许不知乡关何处。

有个年代，我们曾经想把麻雀清除出这个世

界，可是我们得到的报应是饿肚子，走弯路，受惩罚。在人类的意识中，麻雀总是代表小，可是没有小能有大吗？试想没有了麻雀的世界还成世界吗？我相信，如果到了连麻雀也不愿陪我们生存在这个世界上的时候，这个世界离灭亡也不远了。

　　小麻雀，我想在湖边走动时经常看到你们，看你们跳舞，听你们歌唱。我想在湖边坐下时，你们能落在我的肩头，啾啾于我的耳旁，早晨共同迎接朝霞，傍晚一块儿沐浴夕阳，永不相弃。

白　鹭

在龙子湖不是每天都能见到白鹭,但能时不时见到白鹭。不经常见就显得稀罕些,加上那一身白羽,和众多骨顶鸡、黑水鸡落在一处,形成鲜明的对比,一眼就能发现它们。

郭沫若在《白鹭》一文中写道:那雪白的蓑毛,那全身的流线型结构,那铁色的长喙,那青色的脚,增之一分则嫌长,减之一分则嫌短,素之一忽则嫌白,黛之一忽则嫌黑。

白鹭来时,翩然从空中落下,再不怎么走动。周围的骨顶鸡、黑水鸡、凤头䴙䴘,都不来相扰,都和谐相处,似乎本来就是一家,没有丝毫见外。白鹭还是捕鱼高手,它们落下不长时间就捉到鱼,其他鸟儿忙碌得不行,也很少见捕得到鱼。有些鸟儿失机慌忙地钻入水下,等到钻出水面,不是空着嘴巴,就是叼出一撮水草。

白鹭飞起时实在潇洒漂亮,脖颈仍然弯成S形,双脚收拢伸直,排空而上,如银如云,如梦如幻,点缀在蓝天之上。

不得不承认,来了白鹭的龙子湖,画面为之一新。野鸭的黑需要它来映照,水草的绿需要它来点染。湖水如镜可供梳羽,鱼虾肥美足快朵颐。

白鹭没有理由不光顾龙子湖。

白鹭是厦门的市鸟,所以厦门又称鹭岛。厦门白鹭洲公园内有一尊白鹭女神雕像,身姿优美,跪坐在一块岩石上梳理长发,肩上还立有一只小白鹭。这里是去厦门必到之处,否则等于没去过厦门。公园在白鹭洲上,白鹭洲是筼筜湖中一块中心台地。厦门有一个关于白鹭的美丽传说:圣洁多情的白鹭,被万石公子优美的琴声吸引,双方结为知音。蛇妖作乱,骗走了白鹭身上象征生命的七彩翎,白鹭血流不止,鲜血化作了火红的凤凰树,也染红了鹭江。上天垂怜,封她为白鹭女神,无名岛也成了鹭岛。

我最早会背诵的几首古诗里,就有杜甫这首绝句:"两个黄鹂鸣翠柳,一行白鹭上青天。窗含西岭千秋雪,门泊东吴万里船。"当时想两个黄鹂是两个,一行白鹭是几只呢?再说,黄鹂经常见,在家没见过白鹭,这么好看的鸟儿为什么不来我们家乡呢?

随着年龄渐大,我深深喜欢上了张志和的那首《渔歌子》:"西塞山前白鹭飞,桃花流水鳜鱼肥。青箬笠,绿蓑衣,斜风细雨不须归。"总想着我这位本家,披蓑戴笠,手持钓竿,驾一叶扁舟,在水边等我。他身旁有一壶老酒,等我带去一些下酒小菜,相对而酌,扯些前三皇后五帝的闲篇,任清风明月,任斜风细雨。

白鹡鸰

白鹡鸰似乎比麻雀还小巧些,"鹡鸰"和"机灵"同音,音意皆合,使我一下就记住了它的名字。

白鹡鸰并不是全白,是黑白相间,因为颜色搭配合理,显得非常和谐。尾巴长而窄,使身体变得修长干练。别看它身量小,行动起来可不像麻雀那样蹦蹦跳跳,没有一点稳重劲儿,而是迈着有模有样的步伐,正经八百是在走路。

白鹡鸰起飞速度很快,不需要助飞,飞起后一耸一耸波浪式推进,能看出是个急性子,所以人们也叫它张飞鸟。

有一次我看到两只白鹡鸰,轻松自如地在一片荷叶上走来走去,行走时就能捉到飞虫,不需扎任何架式,像一个武林高手,见招拆招,应付自如。

有一次,在芦苇丛边的亲水步道上看到一只白鹡鸰,它正在飞起来捉虫子,简直是在做特技表演,估计它飞起后,用力过大,一下越过了目标,它能在空中迅疾调整姿态的同时,回头再把虫子捉住。我离它近时,它向前飞段距离,绝不飞远。我离它远时,它就走着,好像是在等我,反正它飞着走着都不耽误捉虫。三百多米的步道,这只白鹡鸰一直陪我走到头才飞走,如自己养的鸟儿一般，令我心情大好。

白鹡鸰飞起时会发出"鹡鸰鹡鸰"的叫声，在地上走动时尾巴有规律地摆动。古代人认为，这种"飞鸣行摇"的特性，象征着兄弟友悌。唐玄宗即位后，对诸王兄弟都很和睦友爱，连兄弟在宴会上调戏了他的爱妃都不怪罪，怕伤了兄弟感情。开元十三年（725），有数千只白鹡鸰飞集麟德殿前，落满院阶，见人来也不飞走，欢噪终日方去，人们都说这是天子的友悌美德感动了这些鸟儿。唐玄宗对兄弟的这番友爱，在皇帝中间还是很少见的。

《诗经·小雅·棠棣》中有"脊令在原，兄弟急难。每有良朋，况也永叹"，也是兄弟相助之意。

白鹡鸰也是古今画家酷爱的题材，现代画家谢稚柳先生就有不少关于白鹡鸰的画作。

凤头䴙䴘

凤头䴙䴘是一种很漂亮的水鸟。黑色羽冠，棕色脖颈，上身灰褐，下身洁白。在龙子湖的六个小湖里都能见到，多的有两三对，少时孤零零的一只。除了求偶季节，它们显得很优雅娴静，不像别的一些鸟儿，总在忙碌地找食。不分晨昏，只要不是恶劣天气，都可以看到它们。

春天是凤头䴙䴘的求偶季节。当雌雄两只䴙䴘进入恋爱后，将会上演一场华美的爱情乐章。雄鸟开始求爱时，先围着雌鸟跳柔美的舞蹈，尽量展示那高峨的羽冠和华丽的双翅，赢得雌鸟的春心后，伸长修颈，互相对视。然后通过低头、抬头、摇头、甩头、点头等动作，互相表示爱慕。这些头部动作，雄鸟与雌鸟相互配合得天衣无缝，默契得像一对多年的舞伴。之后雄鸟会潜入水中，衔出一些水草，作为爱情信物赠送给雌鸟。乐章最华美阶段是撞胸，两只鸟把身体尽量提出水面，互相撞胸，撞得发出"啪啪"响声，仿佛只有这样才是把心交给对方。最后是两相欢合交尾，俗话叫"踩蛋"。凤头䴙䴘可没有什么谈婚论嫁的俗套，而是立即转入筑巢、下蛋、孵雏的家庭生活。

凤头䴙䴘的巢，一般筑在芦苇丛中，巢材就是芦柴、水草等，能随水浮动，不怕涨落。生蛋后雌鸟立即坐窝孵化，雄鸟负责觅食，或继续加固鸟巢。其他任何鸟要想接近鸟巢，都会受到无情的攻击。幼鸟孵出后，父母会带它们在湖里学习生存本领，主要食物仍然靠父母辛勤获取。可怜天下父母心，成鸟对幼鸟那种无私的关爱，一点不输人类。你看那成鸟一旦得到食物，会立即游到幼鸟身边喂食，看小鸟吃得欢腾，会发出幸福的笑声。一看有点风雨，小鸟会立即爬到母鸟的背上，让妈妈驮着走，这和孩子骑在爸爸妈妈脖子上游玩没什么区别。

据说凤头䴘对爱情非常忠贞，一旦选定伴侣，再不相弃。落时同时落，飞时同时飞，大有在天愿作比翼鸟、在地愿为连理枝的味道。

龙子湖里还有一种小䴘，有点像凤头䴘的幼鸟，其貌不扬，是潜水好手，也憨憨可爱。

唐代诗人卫象有一首《古词》："鹊血雕弓湿未干，鸊鹈新淬剑光寒。辽东老将鬓成雪，犹向旄头夜夜看。"写一个老边将没仗打了就去打猎，战志不灭。这老头儿，䴘那么可爱，你打它干啥，去找那些恶鸟打吧。

灰椋鸟

　　灰椋鸟全身以灰褐色为主，杂有少量白羽，活泼灵动，惹人喜爱，尽管不像八哥那样善鸣，仍有人笼养，调教得当，有的也能模仿人语。

　　家乡楝树多，灰椋鸟爱吃楝枣，所以我们叫它楝雀、楝喳喳。关雎湖西岸有八九棵楝树，经常能看到灰椋鸟在树上跳来跳去啄食楝枣。

　　灰椋鸟喜群，但白天寻食时只有三五只，夕阳西下时，会有几十只甚至上百只的聚群。它们喳喳地叫着在天空忽上忽下飞舞，像游动的沙丁鱼群。

　　灰椋鸟也是一种爱清洁的鸟，我不断看到它们在湖边成双成对地洗澡、梳理羽毛。在水里洗一阵儿，到岸上晾晒一阵儿，如果没有惊扰，它们能梳洗很长时间。

　　我曾看到一窝灰椋鸟，已经孵出了五只幼鸟。成鸟不在时，小鸟玩耍一会儿，就累得睡去。等成鸟一回来，小家伙儿立即来了精神，你躁我踏地向门口挤去，嘴张得小瓢似的。会叫的鸟儿有食吃，父母把叼来的虫子吐进最前边的那张小嘴。好在食物充足，前边的吃饱了，自然轮到了其他兄弟姐妹，只是辛苦了父母而已。小鸟长到该出飞时，父母不再把孩子喂得那么饱，而是衔着虫子落在离窝不远处，逗引孩子们勇敢地飞出窝来，飞向天空，飞向森林，开始自食其力的生活。

　　苏教版小学五年级语文课本中，选有一篇《灰椋鸟》的散文，文章写得朴实无华，表达了作者对灰椋鸟的喜爱之情。作者徐秀娟，就是歌曲《一个真实的故事》的主人公，就是那个为了寻找失散丹顶鹤而献出宝贵生命的女孩。文章好读，歌曲好听，姑娘可爱。

戴　胜

经常可以在草坪上看到戴胜鸟，或一只，或两只。戴胜鸟的凤状羽冠太惹眼了，棕红色的脖羽和周身黑白相间的裙裾已够华丽了，但比起羽冠来还是平素多了。戴胜戴胜，是不是因为戴了顶漂亮的凤冠才叫戴胜呢？后来，查找有关资料才知道，戴胜竟然与西王母有关。《山海经·西山经》中记载："西王母其状如人，豹尾虎齿而善啸，蓬发戴胜。"戴胜就是女人头上的装饰。

戴胜不太怕人，你不走近它不起飞，即使飞起也飞得松塌塌的，接着落在附近树上，或远一点的草丛中，继续找食。由于它飞起来像柄移动的蒲扇，所以它还有个名字叫花蒲扇。

据说戴胜不怎么讲究卫生。有专家说，戴胜的邋遢也是有缘故的，那是为了熏走敌人。只要能自卫，还非要讲究用什么武器吗？

戴胜是摄影爱好者追逐的对象，我一个摄影家朋友告诉我，他能认出哪两只是惠济区的戴胜，哪两只是龙子湖的戴胜。并且说戴胜鸟不打理鸟巢是假的，他就拍到过戴胜把鸟巢里的脏东西衔出窝外。他打开镜头让我看他拍的戴胜，这鸟儿很上相，照出来真好看，怪不得人家在镜头前搔首弄姿。

戴胜的嘴细长，有一次，我看到一只戴胜把嘴插进地里，还在摆动脑袋使劲儿往深处扎，我想它是在掘食一只昆虫，只好停下脚步，等它挖出虫子吞咽下去后，我才继续前行，觉得人家正吃饭时不好意思打扰。

人们认为戴胜的纹饰是吉祥的、欢乐的，所以戴胜经常出现在各种器物上，金银器上有，陶瓷器上有，丝织品上有，绘画中有。

贾岛有一首《题戴胜》的名诗："星点花冠道士衣，紫阳宫女化身飞。能传上界春消息，若到蓬山莫放归。"

许州（治今许昌）人王建，有首《戴胜词》值得一读："戴胜谁与尔为名，木中作窠墙上鸣。声声催我急种谷，人家向田不归宿。紫冠采采褐羽斑，衔得蜻蜓飞过屋。可怜白鹭满绿池，不如戴胜知天时。"

中国人民银行曾发行一枚戴胜鸟银币，正面是气魄雄伟的万里长城，背面是一只头顶五彩羽冠、身披九色彩衣的戴胜鸟，站立在一枝广玉兰上。广玉兰象征着纯洁、富贵，戴胜象征着希望、快乐和祥和。

戴胜鸟美丽而勤劳，以色列把它作为国鸟。

燕　子

燕子也叫家燕，是和人类最亲近的鸟儿，因为它在人们居住的屋檐下或屋里做窝，所以叫家燕。当然现在城市里房子不行，安有严丝合缝的门，还要加上防盗门，燕子怎么进去？屋檐下也没地方棚草糊泥，家燕都快变成野燕了。

燕子很可爱，背黑腹白，飞起来像个小精灵。人类武术练到上乘，才能配称身轻如燕。

小时候遇到有燕子来家里做窝，大人反复叮咛不让惊扰燕子。说只有好的家庭燕子才能看上，才来做窝，能给家里带来好运。所以能看到燕子在屋里房梁上衔泥筑巢，在窝里孵出小燕，小燕在窝里呢喃，一派温馨。燕子念旧，今年筑窝，明年复来。古人有把燕爪剪一点做记，第二年果真得到了验证，故燕复来。

在龙子湖边散步，能看到春燕啄泥、飞燕剪水，还能看到在岩石上落成一片，在椅背上落成一溜。从小养成的习惯，我非常喜爱它们。

玄鸟就是燕子，商人始祖契的母亲简狄，在河边捡了一枚燕卵，吞了下去，就生了契，这就是"天命玄鸟，降而生商"，玄鸟也就成了商人的图腾。商丘是商人的发源地，商丘市内建有一座玄鸟城市雕塑。郑州作为商朝的早期都城，在商城遗址南城墙文化街，也建有玄鸟雕塑。安阳作为商朝晚期都城，不但建有"玄鸟之春"雕塑，还辟有玄鸟广场。

燕子是春天的使者，叫春燕、燕春名字的不知有几多。"几处早莺争暖树，谁家新燕啄春泥"说的肯定是春燕，"燕子来时新社，梨花过后清明"说的也肯定是春燕。

因为燕子双栖双飞，所以还是爱情的象征。《诗经》中已有了明确的爱情意象，如"燕燕于飞，差池其羽。之子于归，远送于野"，如"宴尔新昏，如兄如弟"。

小时候听大人们说，燕子低飞要下雨，那时年龄小，从未注意这个物象。一天在龙子湖散步，发现很多燕子在湖面飞来飞去逮虫子，当天还真就下起了雨，可见此言不虚。

民间有很多关于燕子报恩的传说故事，所以中国人都爱燕子，从没听说过哪里有捣燕窝、打燕子的事情发生。

啄木鸟

啄木鸟是著名的森林益鸟，这是读小学时就学到的知识。

啄木鸟那长而尖利的嘴，是它的当家兵器，配上长而带钩的舌，就更无虫能逃。尖利的嘴，可以啄破树皮，可以啄穿树木。带钩的舌，加上舌面上的黏液，出击时可以使出钩、粘、掏各种花式。更绝的是，啄木鸟会"击鼓驱虫"，用嘴高频率敲击树木，使虫子晕菜，在它们慌不择路逃命时将其捉进嘴里去，任虫子有百般能耐也难逃此劫。有的啄木鸟顶冠上长有一抹朱砂红羽毛，一看就像得胜的武士。

李教授是著名的鸟类学专家，我请他来龙子湖帮我识鸟，"长枪短炮"是他的标准行头。正走着听到几下"咚咚咚"的响声，李教授说有啄木鸟，说着就端起了相机，"啪啪啪"几声，前边树上惊飞一只鸟，他也不去管它，只旋出屏幕让我看，一只红冠啄木鸟，爪子牢牢嵌住树干，尖嘴正啄，一块树皮已经剥落。李教授说，这家伙一天能吃1500个虫子，一只啄木鸟能保护几十亩森林。

我请教李教授，啄木鸟那样高频率凿击，为什么不头晕，咱们人站猛一点、转快一点就头晕，就眼冒金星。李教授说，啄木鸟的头部有特殊构造，头骨疏松而充满空气，头骨内部还有层坚韧的外脑膜，在外脑膜和脑髓之间有一条狭窄空隙，充满液体，可以消震。头两侧生有发达的肌肉，也可以防震消震。我们现在的防震帽盔，就模仿了啄木鸟头部的构造。先是一个坚硬的外壳，里面一个松软的套具，之间留上空隙，再加一个防护圈，防止发生突然碰撞造成脖颈旋转伤及头部。

  有人把啄木鸟精神概括出好多条，都有一定道理，但我认为"除害敬业"四字足矣。不管害虫藏得多严多深，必除之而后快，这是"除害"。白天也啄，晚上也啄，刮风也啄，下雨也啄，不辞辛苦地劳作，这是"敬业"。我们的监察，我们的审计，就应当具备这种啄木鸟精神，像啄木鸟保护好树木、保护好森林一样，保护好队伍、保护好事业。

黄　鹂

黄鹂又叫鸧鹒（也作仓庚）、黄鸟、黄莺，我们家乡叫黄溜子，土得掉渣。

黄鹂羽毛鲜艳亮丽，以黄为主，间以红、黑。喙长而粗，鸣声清脆悦耳，变幻有致。仲春时节，湖边树林里经常听到黄鹂的叫声。杜甫看到两个，我有时看到一棵树落有四五只，你方唱罢我登场，就是一台戏。我们家乡形容人会说好听话，就说他是学黄溜子的。

在湖边散步时，听到黄鹂的叫声，除了立即想起"两个黄鹂鸣翠柳，一行白鹭上青天"，还想起了"绿阴不减来时路，添得黄鹂四五声"。

黄鹂在《诗经》中已多次出现。仓庚出现三次，分别见于《豳风·七月》《豳风·东山》和《小雅·出车》。黄鸟出现过十四次，分别见于《周南·葛覃》《邶风·凯风》《秦风·黄鸟》《小雅·黄鸟》和《小雅·绵蛮》。《诗经》中的黄鹂意象，一是代表春天，二是代表婚嫁。仲春时节，黄鹂争鸣，给人们以黄鹂鸣春的意象。古人认为这个季节正是婚嫁的好时节，"仓庚于飞"也就应着"之子于归"。后来画家取《诗经》之意的《黄鹂鸣春图》，也都要在树上画雌雄两只黄鹂。

在明代官服上，八品文官的"补子"上是黄鹂，用的还是黄鹂代表春天的意思。春天有好生之德，要求当官的也要爱护老百姓。古人认为仓庚有不妒之德，这是要当官的不要有忌妒之心，和同僚处好关系，共同完成皇帝交代的事情。

《五伦图》中的黄鹂，代表的是仁、义、礼、智、信中的"信"字，代表的是朋友之道。孟子说："朋友有信。"

中国传统文化中，黄鹂是吉祥之鸟，经常出现在各种作品中，如《黄鹂鸣春图》《黄鹂翠柳图》《莺啼燕舞图》，其意象有的源自《诗经》，有的源自唐诗宋词。

还有一幅《飞黄腾达图》，在明清时期非常流行。画的是黄鹂和紫藤，用谐音构成寓意。

黄鹂的名字就给人非常美好的感受，"黄"字颜色亮丽，寓意富贵，"鹂"字谐出美丽，富贵美丽，岂不令人向往之？

绿头鸭

绿头鸭大小和家鸭相似，据说绿头鸭就是家鸭的祖先。雄鸭头颈都是绿色，闪着亮光，所以叫绿头鸭。

绿头鸭爱干净，浮在水面的时候，总在不停地梳理羽毛。

绿头鸭出双入对，很少见跑单帮的。关雎湖里绿头鸭多，有时能看到十多对在那里嬉戏。顶着翠冠的雄鸭，忙着向雌鸭献媚，在雌鸭周围转来转去，有时衔一缕水草作为礼物，但雌鸭像骄傲的公主，很少理睬。等到雌鸭终于应允了，雄鸭才敢放肆，又是亲昵，又是鸣叫，直至当众踩蛋。有时两只雄鸭相互追逐打斗，我想它们是在争夺交配权。

绿头鸭的皮毛细密柔软，是非常好的羽绒原料。肉质鲜嫩，营养丰富，有补中益气的作用，在野外常遭猎杀，不过现在已可以规模化人工饲养，不致有灭绝危险。

因为"鸭"字中有一个"甲"字，人们便联想到"三甲及第"，做成绿头鸭摆饰，放在案头，预示着考试成功。

绿头鸭是一个很流行的词牌，也称《多丽》《跨金鸾》《鸭头绿》《陇头泉》，属于长调，全词一百三十九个字。《宋词三百首》中选有河南清丰人晁端礼的《绿头鸭·咏月》，胡仔在《苕溪渔隐丛话》中对此词给予高度评价："中秋词，自东坡《水调歌头》一出，余词尽废，然其后亦岂无佳词？如晁次膺（端礼字）《绿头鸭》一词殊清婉，但樽俎间歌喉，以其篇长惮唱，故湮没无闻焉。"既是好词，不妨抄来共赏：

晚云收，淡天一片琉璃。烂银盘、来从海底，皓色千里澄辉。莹无尘、素娥淡伫，静可数、丹桂参差。玉露初零，金风未凛，一年无似此佳时。露坐久，疏萤时度，乌鹊正南飞。瑶台冷，栏干凭暖，欲下迟迟。

念佳人、音尘别后，对此应解相思。最关情、漏声正永，暗断肠、花影偷移。料得来宵，清光未减，阴晴天气又争知。共凝恋、如今别后，还是隔年期。人强健，清尊素影，长愿相随。

鸣　蝉

　　蝉哪里都有，龙子湖的蝉不比别处个儿大，也不比别处叫声响亮。可是龙子湖畔柳树多，我总认为蝉和柳树最亲近、最相配。蝉在柳树上叫时就格外和谐好听，在别的树上叫，譬如在榆树、槐树、桑树上叫，我听去叫声就有些不顺耳。你说蝉噪扰了你的清静，冬天蝉不叫，你的心就静了？你一冬天都笑口常开？保不定吧。老天造蝉，就是让它叫的，这是它的权利，也是它的奉献。蝉会说，我不叫你人间也清静不到哪里去，因为最爱瞎折腾的就是你们人类。

　　蝉和柳是不是佳配，我说不好，我总觉得蝉在柳树上歌唱，那是自家的戏台，去别的树上再用劲儿，也是"走穴"性质。隋代诗人王申礼在《赋得高柳鸣蝉》诗中有："园柳吟凉久，嘶蝉应序惊。"南朝刘删《咏蝉》诗中有："得饮玄天露，何辞高柳寒。"宋代周邦彦《鹤冲天·梅雨霁》词中有："梅雨霁，暑风和。高柳乱蝉多。"金代元好问有《风柳鸣蝉》诗："轻明双翼晓风前，一曲哀筝断续弦。移向别枝谁画得，只留残响客愁边。"清代蒋廷锡有名画《柳蝉图》，野趣盎然，尽得柳蝉神韵，题画诗是："变化工夫亦苦心，短长声在绿杨林。秋风古岸斜阳里，惟有寒蝉抱叶吟。"写的都是蝉和柳在一起的场景，高柳鸣蝉寓意着蒸蒸日上。

我们把蝉叫麻知了，把刚出土的幼蝉，叫知了猴，叫爬蚱。摸爬蚱可是儿时乐事，打着手电，提着小铁桶，不管是刚出土的、预备上树的，还是已爬到半腰的、蹦一蹦能摘得着的，都揪下来往小铁桶一丢，那是一份满满的收获。

蝉的生活太朴素节俭了，尽管一生鸣唱不已，却只饮清露，别无他求。我曾作过一首咏蝉小诗："一袭薄纱作演衣，绿丛辗转东复西。只取清露作戏酬，不到终时歌不息。"我是在赞扬那些只讲奉献不讲索取的艺人。像人民艺术家常香玉，为抗美援朝捐过飞机，一生信奉"戏比天大"，一生很像一只美丽的鸣蝉，唱到了日落月儿圆。

蝉在中国传统文化中有特殊意象。因为它在地下被埋藏多年才遇时而生，所以在古代葬礼中，人们把玉蝉放入死者口中，以寓精神不死，企盼可以复活。蝉因只饮清露，品性高洁，所以佩戴玉蝉就成为君子之好。"蝉""缠"同音，意味着情意缠绵。情侣之间可以互赠，朋友之间也可以互赠，表达的尽是绵绵情意，所以蝉为大家所喜爱。

蝉的卵在地下少则七年，多则长达二十年，

遇到合适条件才从土壤中爬出来，然后羽化成蝉。人家蝉在地下那么长时间，不吭一声，不生一事，所谓的隐士能做到吗？等出得土来，高吟几声，还招来些"蝉噪"的讽刺，觉得人们真有些对它不起。

古人眼里，蝉寓意高洁，认为它饮露而生，清响高韵。虞世南的咏蝉诗，可谓老幼皆知："垂緌饮清露，流响出疏桐。居高声自远，非是藉秋风。"该诗和李商隐、骆宾王的咏蝉诗，并称唐人咏蝉三绝。

萤火虫

夏天的夜里，发现关雎岛上似有灯火明灭，我知道那是萤火虫。否则，谁有本事发出这荧荧的光呢。

全世界萤火虫有两千多种，有陆生的，有水生的，不知关雎岛上的是哪一种，甭说岛上我不去，你捉来让我看我也认不出。

据说萤火虫成虫后，就不再进食，顶多喝点露水，这和蝉有点相似。蝉送给人的是鸣唱，萤火虫送给人的是光亮。

小时候，家乡的萤火虫多得很，晚上我们跑东跑西去捉，不是捉了这个，飞了那个，就是捧住两三只不敢松手，捧住看不到萤火，看时又全飞了去。一个晚上跑得通身淌汗，无外乎是捉住了又飞走的重复，回家时仍然两手空空。

萤火虫在历史上最有名的典故就是"囊萤映雪"了，讲的是两个刻苦学习的故事。一个是晋代人车胤，家里穷得点不起灯，就捉来萤火虫装进纱袋里，照明读书。一个讲的是晋代人孙康，因家贫靠雪的反光，读书不辍。后来二人都成了有大学问的人才。

古人认为萤火虫是由腐草化成的，还有人认为是人的魂魄化成的，虽然这是不科学的，但却非常深入人心。

中国传统的七夕节,正值夏秋更替,夜里漫天萤火飞舞,给男女间的爱情增加了浓郁的浪漫色彩。杜牧的《秋夕》诗写的是:"银烛秋光冷画屏,轻罗小扇扑流萤。天阶夜色凉如水,卧看牵牛织女星。"

古代还有很多关于萤火虫的娱乐项目。据《隋书·炀帝纪》载,大业十二年(616),"上于景华宫征求萤火,得数斛,夜出游山,放之,光遍岩谷"。炀帝意犹未尽,又在扬州专门建立了"放萤苑",并由专人负责收集萤火虫,供炀帝取乐。皇帝好之,民间也形成了放萤取乐的习俗。一直至清代,民间还有不少花样翻新的放萤娱乐活动,深为广大民众喜爱。

萤火虫的出现,需要有好的自然环境。如今城市少见,当与自然环境变化有关。

观　鱼

　　真是有水就有鱼。龙子湖没有专门放养鱼苗，可仍然能经常看到鱼。

　　如果你有兴趣一个人蹲在湖边看小白条，我告诉你随处都有。虽然也能分出大小，都不过寸许长，青褐色背脊，晓白色肚腹。它们从不跑单帮，而是一出来一群，既看不出有什么组织，行动又出奇地一致。说停都悬停在那里，像直升机群；说动都像箭一样，一下射出很远。我不是鱼，窃以为它们是异常快乐的，你不是我，也别问我是怎么知道的。

　　有一天，在明伦桥栏上趴着很多人，都在向湖里看。我不能免俗，也凑个热闹，双手扶住桥栏，引颈下望，好家伙，有几十条大鱼在那里游荡，看出有草鱼，有鲤鱼，大的有三斤多重，小的也有一斤多，不知什么原因聚在这里。你说开会吧，没有会场秩序；你说觅食吧，水那么清，没发现有什么可供它们感兴趣的食物，桥上也没人投食。这些鱼是否也像我们桥上这些人一样，在凑热闹呢？从那以后，没在湖中看到过那样热闹的场面。

　　走在湖边，有不少次看到一两斤重的金鱼，有浑身金黄色的，有通体玉白色的，也有红白花的。有的是一条，有的是两条，最多的见到过三条一起的。它们悠哉游哉地向岸边移动，快到岸边了，可能是看到岸上有人，倏然转过身去，游向湖心，忽而又调头游过来，这样反复着，从不离远。我想，倘若岸上没人，你还敢上岸来逛逛不成。这肯定是谁家养的金鱼，某种原因没法再养下去，就放生在湖里了。这些鱼可能是把岸上的人误认成主人了，以为要给它投食呢，等发现不是主人，就赶快游开了。我有些替它们难过了，当初认养它们时，主人一天不知要看多少回，要喂多少次，最后怎么舍得抛弃不管呢。要么主人迁居去了另一座城市，实在无法带走，就舍弃在湖里；要么主人有了新的更喜欢的宠物，就把老朋友丢弃了，看出来这鱼还没忘记主人，还在傻傻地等待呢。

　　经常可以看到在湖边水草丛中，藏有一条黑鱼，它很少游动，动也不去远，像陆地上某些野兽一样有自己的领地。这一片水域就是它的领水，别的鱼不得侵入，要不它怎么猫在那里不动呢？它怎么不远游呢？它吃什么呢？它吃闯进它领水里的小鱼小虾，肯定饿不着，有一片领水，生活得自在着呢。

　　凤头䴙䴘可是捕鱼能手，有几次看到有凤头䴙䴘忽然钻入水中，过一会儿浮上来时，嘴里衔着一条小鱼。这家伙并不赶快把鱼吃掉,而是故意在那里显摆,炫耀本事,不知这是否和求爱有关。鱼就是财产呀,分明是在那里炫富,吸引异性。

前几天,在崇礼湖南岸,环卫工人从湖里捉上来一只鳄龟,四足粗壮,背上有几排肉突,显得崚嶒威武,引来一群人围观。有个人从身上摸出一个苹果,放在鳄龟嘴边,初时那龟不理睬,忽然一口咬下一块,咀嚼时咔嚓有声,嘴巴这么强的咬合力,咬住人也会掉一块肉。

夏日傍晚走在湖边,经常看到鱼儿跃水,泼剌有声,令人生临渊羡鱼之感。人热得不行,到湖边吹吹凉风,你这鱼是咋了?你在水里还不够凉快?还要跳出来沾点热气儿,真是的。跳吧跳吧,有劲儿你就跳吧,我是得回家冲个凉水澡去。

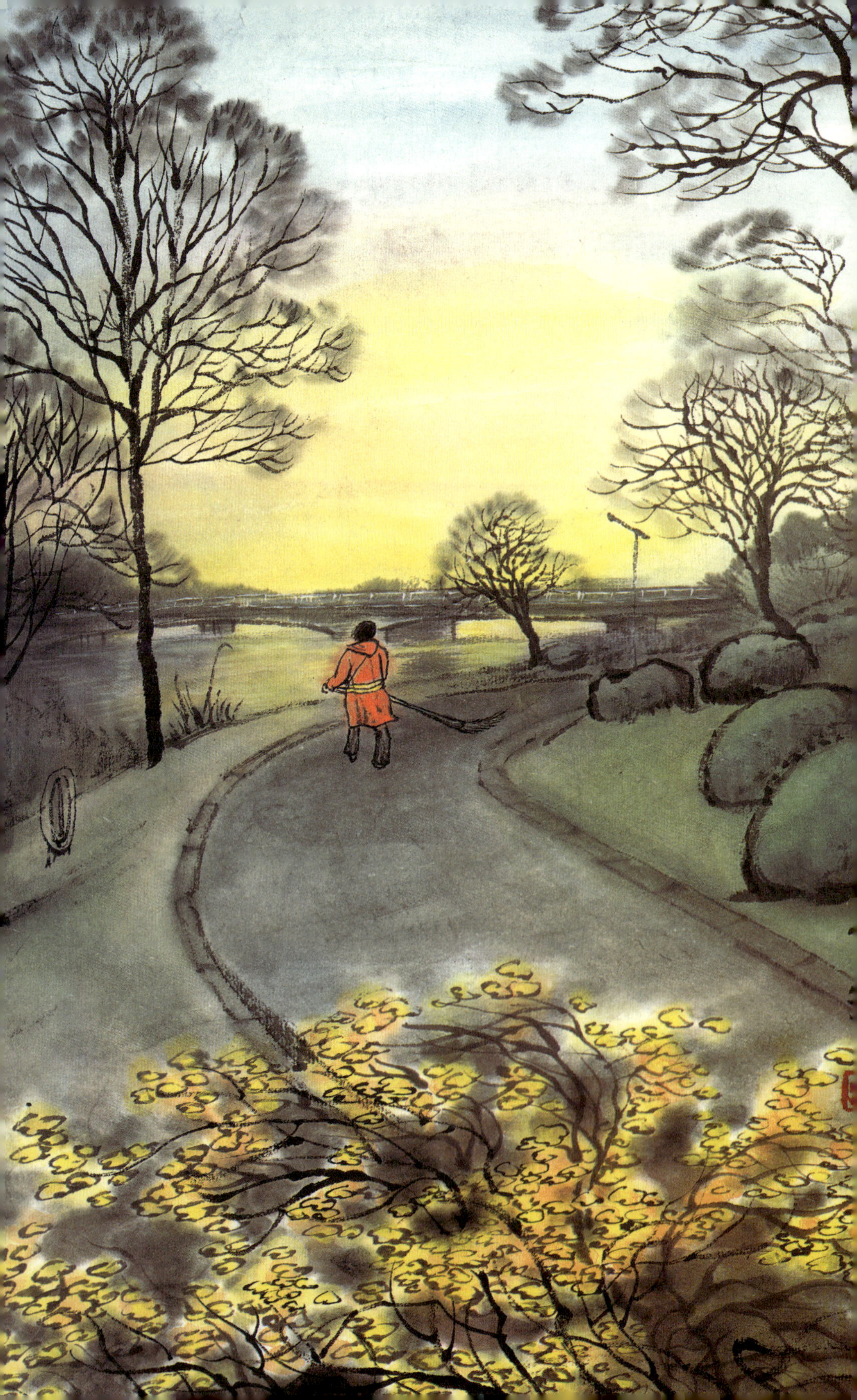

芳辦黃鳳好
晨夕互敲門

卷伍

张　东

张东有事没事总爱到我书房来，不是借书，就是闲聊天。

张东回老家过完春节后来看我，大包小兜提溜一堆，什么枣花馍呀，绿豆丸子呀，莲荚呀，酱豆呀，豆腐乳呀，都是好吃的家常饭菜。

我说："你这孩子咋不把家搬来呀。"

张东说："俺爹说你爱吃这些东西，越土越喜欢。"

"是啊，你考大学时，你爹来找我帮忙，拎两个提包，鼓鼓囊囊的，我看见就不高兴。你想乡亲乡邻的，从小一块儿长大，一块儿上学，有忙还能不帮？你拿恁多东西干啥？我死活不让他把东西留下。你爹发脾气说，事不办去球，东西恁沉我不能再背回去，不要你扔大街上，你以为我会给你拿金子拿银子哩。结果打开一看，一个包里是红薯，一个包里是一罐酱豆和四个豆糁蛋子。豆糁你吃过没有？跟王致和的臭豆腐一样，闻着臭，吃着香。"

"吃过，我上大学时，也是过完春节回学校时带了几个，一打开臭气扑鼻，同寝室的同学让我赶快扔出去。我说，王致和的臭豆腐臭不臭，那北京人咋爱吃？"

"吃豆糁你得会吃,切成薄薄的片,淋上小磨香油,管保你一吃就上瘾。今年在家过年有啥感受?"

"比城市有年味。城市不让放炮,村里让放炮,现在都有钱了,都比谁的鞭长,头一天很晚了还有人在放,第二天很早又有人放。在外地打工的、上学的都回来了,热闹得很。天不明都开始走动拜年,我去您家给爷爷奶奶拜年,看他们八十多岁的人了,身体都很好。我说俺叔原本打算回来过年哩,因为有事没能回来,爷爷奶奶说你总有二十多年没回去过年了。"

"忠孝难两全,身不由己呀!"

"村里好多人问你哩,还讲了你当生产队队长时好多事。说你当时才十五六岁,傻厉害,跟谁都敢吵架打架。"

"别听他们出我窝囊。你不是到初八才收假吗,怎么回来这么早?"

"俺娘让我烦死了,骂我没本事,这么大年龄还找不着个媳妇,大学白上了,村里和我一般大的都有两个孩子了。"

"你娘急着抱孙子哩。也是,你都二十八了,小伙子长得又排场,该谈个对象了。"

"谈过几个,有的人家嫌我没钱,有的人家嫌我是农村的。"

"农村的咋了,你农村孩子不也考上清华了,你工资又不低,你爹做着生意,能算没钱?是不是你小子要求高,挑花眼了?"

"就是找不到对眼的。"

"你得有个积极态度,但婚姻大事也不能迁就,马虎不得。"

"看看,还是俺叔理解我。"

"行了,少给我贫嘴。"

"叔给我介绍一个呗,你接触的人多,层次又高。"

"不行不行,我一辈子也没有当过红娘。"

"俺娘都说让你帮我找,那下次俺娘再骂我,我就说你不肯帮忙。"

"好小子,你打八辈子光棍,也赖不着你叔。"

"反正赖上了。到时候我就怨你不想帮忙。"

张东从书架上抽了本书,笑着开门跑了。

张东是个好孩子,又勤快,又好学,心眼儿也好。我坐在沙发上,叼着烟过滤一下认识的女孩子,看有没有与张东合适的。到底也没想出个所以然来。

关　关

　　关关的父亲是我大学同寝室的同学，标准的哈萨克族美男子，大眼睛，长睫毛，面若敷粉，白里透红，加上一头自来卷头发，看上去洋洋气气。他在河南读完大学，就分配回新疆伊犁一个中专教书。巧的是，这家伙找个老婆是河南籍疆二代，回河南探亲时我见过，也是个大美人。

　　关关长相不仿她妈，仿她爸，一身哈萨克风情，大眼睛像会说话，五官精致，一头稍带卷曲的长发，高挑身材，利落劲儿让人一看就知道受过马术训练。

　　关关的母亲姓关，关关随母亲取了个汉族名字关关，她还有个哈萨克名字，说了几遍我也没记住。关关冰雪聪明，考大学时是当地的理科状元，被录取到北京一所著名大学学习计算机专业。由于学习成绩优异，本科毕业时被保送硕博连读，博士毕业时，立即被一家大公司抢去做了技术人员，不几年就拿到了高级工程师的职称。关关所在的公司，与河南合作建了一家分公司，地点就在湖心岛上，关关被派来当总工。关关跟我说：当时公司派人时，大家不积极，领导问我愿不愿意去郑州，干几年可以再回北京，我说愿意。我想我爸在河南读的大学，我妈又是河南人，别人不愿意去我去。没想到一转眼五年了，领导也没说让我回北京，我觉得龙子湖这环境也挺好，公司的事情干着也得心顺手，真要说让我现在回北京，我会舍不得的。

公司的员工当面喊关关关总，背地里称关关为雅典娜，智慧女神。遇到技术问题，到了关关这里总有办法解决，谁不服呢，不服不行。令关关爸妈操心的不是她的工作，而是她三十三岁的大姑娘，竟然还没谈对象。她爸妈没少给我打电话托我操心，一定尽快帮关关找个合适的对象，赶快结婚成家。可我又不擅此道，以致我都有些怕接老同学的电话了。

关关每次来看我，我都问她对象谈好没有，她都不急不躁地说："没有。"

"公司那么多名牌大学的硕士、博士，你没一个相中的？湖心岛上那么多高科技企业，那么多年轻人，还找不到一个白马王子？"

"叔叔，你是不是想赶快把我推销出去，好给我爸妈交账。"

"你这丫头怎么这样跟叔说话，关键是你年龄有恁大了。"

"那也不能随便到路上抓一个呀。"

"那倒是，婚姻大事得认真。"

"叔,上次在你这儿碰见的那个小屁孩,成天给我发信息,成天约我吃饭,烦死了。"

"谁呀,你说张东呀,他……这孩子不错呀!"

有一次张东来书房,正巧碰到关关,两个人又是留电话,又是加微信,可张东见我再没说起过,看来这有事还瞒着我呢。

"你说不错,怎么个不错呀?"关关盯着我问。

"小伙子长得一表人才,你俩学历也相当,我知道这孩子心眼儿好,不是花里胡哨的人。"

关关用眼白了白我:"我可比他大五岁呀。"

"女大三,抱金砖。女大五,女大五嘛,女大五,不受苦。"

关关扑哧一声笑了,说:"张东跟我说了,他爸妈那里你也欠着账呢,你这是赶紧给我们一撮合,两边的欠账都一风吹了,何乐而不为呢。是吧?"

"哎,关关你比张东大五岁,他知道不知道?"

"知道,当然知道。"

"这不就结了,周瑜打黄盖——一个愿打,一个愿挨,还有啥说的。"

"通过这一段接触,我对张东的印象倒不错。我们俩也能谈得来,他也知道体贴我。我让他找你拿拿主意,他有点怕你,就撺掇我跟你说。你是我们的长辈,又是过来人,两边情况都了解,你要认为可以,我们就不犹豫了。"

"关关,我原先也想到你们俩的事情,当时也觉得年龄差距大些,没有明说,既然这个问题不存在了,我认为你俩是合适的。我不能全当家,你们还要跟父母沟通沟通,有什么问题,我帮助做工作。"

"谢谢叔叔,让您操心了,张东已经在岛上的一个饭店订了房间,好歹请您老人家吃顿饭,我们俩要真能成,也是拜叔叔所赐,咱们现在就过去?"

"好,叔叔就贪这份功了,关关你先走,我随后就到。叔叔今天高兴,我得找瓶好酒带上。"

"好,我俩在湖心岛等您!"

老　崔

　　散步时经常碰面，一来二去和老崔就熟识了，得闲时两人就喷两句。有一天我到湖边晚了些，正赶上老崔把当天的活儿干完，于是就索性坐在椅子上聊起来。

　　我问老崔："干这活儿一个月挣多少钱？"

　　老崔说："也就两千多块钱。"

　　"两千多也太少了些吧。"

　　"少是少了点，但守着家门口。"

　　"那为啥一定在这儿干呢？"

　　"老弟你不知道，我们是拆迁户，这地儿以前就是我们村的地，有念想，在这儿干活觉得还是在种自己家的地，心里舒坦。"

　　我笑问老崔："听说拆迁户都发大财了，真假？"

　　老崔很难为情地说："发啥大财，猛一看钱不少，可再多钱也有花完的时候，咱庄稼人又不会做生意，坐吃山空，还不如守着那点地心里踏实。"

　　"通过拆迁你家得到多少钱？是不是我不该问这？"

　　"没啥。地是赔的钱，也不多。房子拆了，分了六套房子，给大儿子、二儿子各两套，俺老两口留两套,住一套,出租一套。"

"那好啊,钱用来做生意,多余房子出租。"

"钱劈成三份,给大儿子、二儿子各一份,俺老两口留一份养老,要说够花了。"

"两个儿子日子过得不错吧,一家两套房子,一套住,一套出租,出租可是铁杆庄稼。"

"大儿子还算可以,就在湖心岛开个小饭店,还能捞摸俩。小儿子不行,他和几个年轻人合伙做生意,光想着要赚大钱,结果血本无归。有那心没那命,结果媳妇也跑了,撇下俩孩子都跟着我。操持孙子没啥说,可他戳那窟窿啥时候能填平呢。"

"那让老大帮帮老二。"

"老大愿意帮,老大媳妇得愿意呀,她看见老二就烦死了。要我评理,这也不能怪老大媳妇,帮你点吃穿可以,那是弟兄情分,分家另过日子了,谁能帮你填窟窿呀!"

"要说也是,家家有本难念的经,说起来你心里也有些不爽气。"

"所以我得出来干点活,挣钱多少无所谓,一拿起家伙,就不想那些窝心事了,还像过去在自家地里干活一样。不管领导交代啥活,我都保证干好,一点都不会偷奸耍滑。当一辈子农民了,得有个庄稼人的样子。"

"行，老崔，真有你的。"

和老崔分别后，我一路上沉思着，城市发展了，市民需要休闲娱乐的地方，否则还叫城市吗？何况郑州还是国家级中心城市。可农民呢，农民失掉了土地这个命根子，像老崔，他已不是农民，可又没完全融入城市，所以显得有些失落。他是被城市化大潮裹挟着进城的。

园林工

龙子湖能成为人们休闲娱乐的胜地，真要感谢园林工人。

他们无论男女，都穿着印有"郑东绿化"的蓝布坎肩，常年在湖边不停地忙碌着。有了他们，春天才会有百花盛开，夏天才会有绿草如茵，秋天才会有红叶烂漫，冬天才会有养眼绿植。

我已经来湖边够早了，可是工人们来得更早。他们在开垄种草，我走上前去问师傅种的什么草，一个五十来岁的汉子抬起头来告诉我："马兰，马兰基地的马兰，那边种的是麦冬。"跟我说话的当儿，他并没有停下手里的活计。我告诉师傅："大片马兰开花的时候，确实好看，非常感谢你们给大家栽培这么漂亮的鲜花。"师傅笑了。

草坪上的草和绿篱，过一个时段就要修剪。修剪草坪时空气里弥漫着青草的气息，工人们开着轰鸣的机器，肩上搭着擦汗的毛巾，修剪过后，草坪平展展的，像绿毡子。绿篱被修剪时，枝叶四溅，一会儿没有了原来的参差，齐刷刷的，精神得像刚刮过胡子的脸庞。

北方的草坪要想保持好，需要下细功夫，你种的草不一定好好长，杂草却生命力旺盛，工人们只好细心地把杂草一棵棵拔掉，可以说下的是绣花的功夫。

花圃里有些花过时了，工人们赶快换上新的。路边的野草侵径了，他们马上清除干净。

树木也不是栽上就万事大吉了，对一些品相不好的病枝，对一些影响行人走路的疯枝，工人们要举着长柄锯把它们一枝一枝锯掉。有的树枯死了要马上换树，有的树病了要马上打药，刚栽的树为成活还要输营养液。栽活一片雪松，衬托着后面的楼宇；植下一片法桐，蒸腾出半空绿雾。满岸翠柳，四时垂着柔条；时见白杨，常年挺出枝丫。一地绿茵铺展去，万顷碧波送风来。

今年郑州遭受了罕见水灾，有一些大树倒了。水刚落下去，工人们就忙碌起来。他们先把树头锯掉拉走，再把大树扶起栽好，用棍子支得稳稳妥妥，让这些大树重新活起来。

没有园林工人的辛勤付出，何来满眼的花草树木？工人栽树，市民乘凉。

清洁工

　　龙子湖美，清洁工人功不可没。无论春夏秋冬，还是阴晴雨雪，他们可没有得闲的时候。

　　春天来了，岸边残存的芦苇塌架了，已不能再做水鸟的窠巢，清洁工人费力地收割着。如果在塌架前，苇秆直挺挺的，收割时要省好多力气。我知道他们这是宁愿自己多付出，也要为水鸟把家园保持到最后，眼下是到了不得已的地步，才进行收割，否则会影响新一年芦苇的发芽生长，那样水鸟就不好营造新家了。

　　夏天来了，湖里水草蔓生，如不及时清除，会严重破坏水质。清洁工人开着割草船，费力地进行割除，看到岸上一堆堆水草，就知道他们流了多少汗水。岸边的芦苇、杂草也向水里疯长，清洁工像美容师一般，及时割掉清除，使湖岸保持整齐自然的容貌。不管湖面漂来什么杂物，都逃不过他们的眼睛，随时捞起，保持着湖面的清洁。

　　秋天来了，木叶摇落，飘洒上了草坪，飘洒上了灌木丛，飘洒满了大路小径。为了让人们走在干净的路上，看到草坪灌木的笑容，清洁工人天不明就在那里扫呀，搂呀，摘呀。落叶扫复来，有时候刚扫干净，回头又落满了。有时候风大，刚扫成堆的落叶，又吹散了。清洁工人好脾气，耐得住这个烦，天天有落叶，天天坚持扫。

　　冬天来了，有些树不但落那最后的叶，而且还落那枯败的枝，落叶扫帚对付，落枝必须躬腰捡拾归拢。有些树专找麻烦，那些树叶，今天落几片，明天落几片，落过一个秋天，能再落大半个冬天，好像在说，扫去吧您哪。冬天扫的不但有落叶，还有落雪，小雪尚可扫，大雪只能奋力地铲。铲雪可不是轻活，刚落的雪好铲，已经上冻的，有人踩过的，死难铲。为了赶在行人踩过前清扫，天不明清洁工人就开始扫雪铲雪了。尽管寒风刺骨，他们仍然头冒热气地在那里铲呀，扫呀，直到把路面给清理出来。

　　美好环境是清洁工人用汗水换来的。刚才还有满径的落叶败枝，回来不见了；刚才还看到有一堆垃圾，回来不见了。再往前看，那不是清洁工人的垃圾车吗？那不是穿着蓝工装的工人在忙碌吗？

　　清洁工人默默无闻的敬业精神，值得我们学习。当我们路遇他们时，请向他们伸出拇指，点个赞，彼此心会，既不耽搁他们工作，也不耽搁我们走路。

芳　邻

农村有句俗话"远亲不如近邻",说的是邻居的重要性。你要有点困难,有点急事,关系再好的亲戚,离得远也帮不上忙,邻居就在你对门,就在你附近,可以帮得上忙,这时候的远亲怎么也比不上近邻。

不过现在城市人也有个毛病,漠视邻里关系,甚至住对门多年,竟不知对方姓什么、叫什么,更别说对方干什么工作、有什么爱好了。有人感叹在城市人情淡了,再没有农村那种乡亲乡邻的亲热了。

可是我现在和田国行教授做邻居,既互相了解,又很能谈得来,可谓喜结芳邻。

田国行是中国农业大学的生态学博士,如今是河南农业大学的博士生导师,在风景园林方面很有造诣,人品又好,在业内广受称许。

二十年前我在农大工作时,国行正在林学院教书,同时从事风景园林设计,书教得好,工程也做得风生水起。一次相遇聊天,我鼓励他不要满足眼下的成绩,要抓紧时间找机会读博深造。他接受了我的建议,到中国农大读了博士。丰富的实践经验,加上系统理论的打磨,他的眼界宽了,见识广了,水平自然得到很大提升,工作起来更是得心应手。后来国行跟别人说，他的博士是我逼出来的。"逼"说不上，不敢掠美，当时确实给他提过建议。

做了邻居后，我告诉国行，在农大工作十年有一个很大的遗憾，没有抓住有利条件，听些植物学的课程，学点植物学的知识，如今落得门前那几棵树认不准，花坛里那几种花认不全。国行告诉我，现在学也不晚。于是，隔段时间国行就陪我到龙子湖边转转，辨认辨认湖边的树木花草，学习些相关知识。

科班出身就是科班出身，这一点咱得服气。我们在湖边走着，无论遇到什么树木花草，国行一眼就能认出来。我不打算钻研植物学，只是想认识些花草，以丰富晚年生活。国行很明白这一点，他不会给我讲什么界、门、纲、目、科、属、种，而是只告诉我什么名字、什么类别、长什么叶、开什么花、有什么特点。就传授这点常识，已令我这个白丁手忙脚乱应接不暇了，谁叫咱基础差呢。国行能做到诲人不倦，我也乐得学而不厌。不是骄傲，现在我还真能认识不少树木花草了。

一天国行喊我，说院里有几棵金丝吊蝴蝶开了，很漂亮，平常不容易见到。来到院里，经国行指点，发现有几棵树正开花，花朵朱砂红色，真像是一个个飞舞着的蝴蝶，青中泛黄的花梗，细长柔软，吊着一朵朵红花，金丝吊蝴蝶，名副其实。国行告诉我，金丝吊蝴蝶花期很长，能开一两个月，是珍贵的观赏花卉。也有叫陕西卫矛的，也有叫金线吊蝴蝶的。到秋天，树叶或黄或红，满树吊着红色果实，会更好看。如要嫁接，可以用丝棉木作砧木。

"芳邻兼夙好，晨夕互敲门。"我和田国行教授做邻居，获益多多，不愧为芳邻。

教　授

　　我转湖时不断碰到张教授，见了面总要停下聊两句。他是二十世纪六十年代农大的学生，毕业后到过部队，下过农村，先教过中学，后又调回农大教书，是学校森林资源管理学科的学术带头人。他在教学上拿过省里大奖，我当时在学校任党委书记，自然和这些知名教授相当熟稔。

　　由于工作原因，一晃眼我们有十多年没有见面了，有一天在湖边碰上，熟人相见分外高兴。

　　"张书记你搬过来住了吗？"

　　"没有，这里算是书房吧，白天过来看看书，写点东西。"

　　"我说呢，听人说你搬过来了，就是没碰见过。"

　　"你现在搬过来了吗？老校区的房子呢？"

　　"老校区的房子闲着呢，原先没打算搬，可一来试住就不愿回去了。这里环境多好呀，不但房子大，院里也宽敞，关键是有这个湖，每天在湖边走走，心情舒畅。我劝你还是搬过来，我想咱这儿也不比你们领导那院差。"

　　"说实在的，比我们那院环境好，我也非常喜欢这个湖，是散步、散心、锻炼身体的好地方。"

　　"听说你现在去政协了，政协工作是不是松闲点？"

"是去政协了，现在从政协也退了，上个月办的退休手续。"

"你也退休了，我记得你在咱学校当书记才四十岁，多年轻，日子过得真快，你恁年轻也退休了！"

"年轻个啥，六十三了。您今年多大年纪了？"

"七十七，快八十了。"

"看你这身板，不像快八十的人，咱这农业专家，经常和森林土地打交道，就是长寿。我还碰到几个老教授，身体都挺好。"

"我身体还可以。张书记，听说你写了好几本书，也送我几本拜读拜读。"

"一定一定，签了名送您指教。"

"你太客气了。我这些年也写些东西，主要是诗歌，先后发表在报纸杂志上，并结集出版了本书，书名《霜叶》，哪天也签了名送你讨教。"

"好呀，一定要送我。"

这老先生很令我惊讶，因为他的专业是林学，没听说他会写诗呀。第二天他就把书送来了，封面一树霜染红叶，淡雅素净，秋意飒然。我似乎看出了霜叶的寓意，那是作者在歌颂人生烂漫之秋。我也忙把我的几本小书送给了张教授。他走后，我打开赠书，翻到了《龙子湖好》一诗，仔细吟读，觉得很有味道，

写出了他对龙子湖的一片热爱之情。这里转录如下:

龙子湖好

一湖碧水
绿树环抱
兰蒲苇蓼吻浅岸
草下蛙鼓敲

野鸭嚓嚓贴水飞
拍出串串惊叹号
惊叹
龙子湖好

树荫长椅
老人默坐
情侣相拥
片刻寂静
怕惊扰
莫嫌
湖面静悄悄
待几日
蝉鸣炸树梢

学　生

张东有一天带着两个学生来书房看我，介绍说他俩都是老乡，听说我写了一本有关家乡的书，想求一本看看。

叫余理的同学是大余庄的，跟我一个乡，真是标准的老乡。叫王吉的同学是县城里的，说起父辈来，也都熟悉。余理学的是农学专业，王吉学的是园艺专业。

老乡见老乡，两眼泪汪汪。虽然彼此年龄悬殊，但还是立即产生几分亲近感。落座后，我让张东给他们泡茶，两人和我都是第一次见面，显得有点小紧张。我赶快找出书来，签上字，各送一本，他俩从沙发上站起来双手接住，并连声道谢。

张东说："既然是老乡，叔是最随和的人，你们干脆随着我喊叔得了，好说话。"两人还真异口同声地喊了声叔，我也愉快地答应了一声，气氛随即宽松下来。

余理说："其实书我已经看过了，觉着写得真好，净是咱老家的事，很亲切，春节回去把书送我爸了，我爸说他认识您。"

我说："应该认识，咱俩村相距顶多五里地，赶一个集，咋会不认识，只是我好长时间没回去过，好久不见就有些生疏了。"

王吉接上说:"我爸也说认识您,他也在咱县针织厂干过,您可是咱县的大名人。"

我说:"我算啥名人呀,我就是从县针织厂考上大学的。你爸我认识,俺俩不一个车间。"

余理说:"张叔,我想问您个问题,您书里写的那些事您咋记得那么清楚呢?"

我笑道:"自己经过的事,不能全记住,印象深的事肯定记得呀。譬如你们读大学,只读书本,不去实践就不容易记住,真到大田操作一番,就容易记住。我想问问,你们现在的学习情况怎么样?"

王吉说:"我觉得接触实际太少,整天从书本到书本,作业死多,老师拼命灌,学生拼命记,就是为了考个好成绩,实践能力不行。"

我接道:"王吉,你说得对,咱中国是农业大国,咱河南是农业大省,咱们的大学培养了那么多农业方面的学生,但咱们的农业在世界上并不算先进。你们学农的,任重而道远呀,反过来说,很有用武之地呀。"

王吉说:"人家以色列只有八百万人口,六十多万亩耕地,硬是在沙漠上搞出个全世界最先进的农业来。"

余理接话道："恐怕真是我们教育上有些问题，中国人又不笨。"

我说："你们年轻人要学会动脑筋，找出问题才能谈得上解决问题。解决问题是本领，发现问题也是本领，甚至是更强的本领。"

张东在一旁泡茶，这时冷不丁接了句："叔，人家俩就跟你求本书，你就教育起人家来了，你以为你还是农大书记哩。"

我说："你小子这是啥话，我们是平等讨论问题，哪是教育人家。民以食为天，中午我请客，吃着还可以继续聊。你们俩比张东强，他从来都是尽耍贫嘴，不谈正事。"

张东说："我又不是学农的，给您说计算机编程，您有兴趣吗？恁连自己的手机都玩不转。"

技不如人，那没办法，我是向这小子请教过几次有关手机的事。

晨　练

　　早晨起来去龙子湖边锻炼身体的人可真多，环湖路上有人，湖畔小径有人，叫广场的地方有人，不叫广场的空地儿也有人。

　　年轻人多在跑步，三三两两从身旁跑过，看他们一个个背心湿得透湿，浑身洋溢着青春的活力。他们说一早晨能围着湖跑三四圈，乖乖，我走一圈都觉得累。

　　年纪大些的人也有跑步的，动作慢得像走太空步，比走着快不到哪里去，别介，你不能说人家在走，那就是跑。

　　动静大的是练鞭的，离很远就能听到从绿荫深处传来炸响，让你能想得出执鞭人非常健硕，浑身长满腱子肉。要不然怎么能挥动那么长的鞭，怎么能甩那么响，怎么能舞弄一个早晨。

　　崇礼湖南岸有一个小广场，那是人家龙子湖博学路流星雨太极队的活动场地。队员有男有女，个个穿着练功服，一看就是"正规部队"。老师在认真教，队员在认真练，每个动作都不含糊。练太极剑时，剑若游龙；练太极扇时，扇底生风。

　　跳广场舞的可不止一处，参加跳舞的也不都是大妈，有年纪不大的女士，也有大爷级的男士。放的音乐都是非常悠扬欢快的旋律，使女人的步子增加了弹性，男人的步子也多了几分妩媚。

我是只管走路，安步当车，谁说走路不是体育活动呢？谁说走路不能锻炼身体呢？

晨练可不都是锻炼身体，你听，有人在练嗓，有人在练乐器。练嗓我听到过豫剧，听到过曲剧，听到过越调，听到过歌曲。练习乐器，我看到过二胡，看到过单簧管，看到过横笛，甚至还看到过扬琴。有一次在明云桥下，遇到一个拉二胡的，那琴师不是在练习，而是在如痴如醉地表演，他专拉传统歌曲，《珊瑚颂》呀，《红梅赞》呀，《洪湖水浪打浪》呀。我忘了散步，站着一直听到人家收摊。我看那琴师年龄不会比我小太多。

龙子湖边有的是地方，不管练什么只管来。人家练太极，你来猛的，走一趟少林拳；人家拉二胡，你来洋的，整一曲小提琴。

散　步

出了院就是龙子湖东路，过了路就来到了湖边。沿湖畔小路散步，是我每天的功课，只要不是特别恶劣的天气，这功课就不落下。

我曾在省政府分管体育工作，省体育局局长是位仁兄，关系特好。他见我开玩笑说，你咋分管体育？你能说出一样你的体育爱好，我就服了。不爱好，你会也行。各种球类你会吗？大的篮排足，小的网球、乒乓球，你不会。太极拳你会吗？不会。游泳你会吗？按说凭你这二百多斤的身板，到水里想沉下去都困难，可你也不会呀！我说：老兄你别不服，我知道没钱办不成体育，体育彩票必须抓好，每年增加十个亿，完不成任务可不行。你那训练呀，比赛呀，我不管，我要管要你们干啥。甭说，那几年河南的体彩可是噌噌地上涨，在全国不说一枝独秀，也是增长最快的省份之一。可是等到转岗离开政府时，在体育活动方面，我还是只会散步。因为是散，不是跑，不好安排比赛就是了。

如今退休了，要锻炼身体，啥有散步便当。守着龙子湖，你不去湖边散散步，走走看看，呼吸呼吸新鲜空气，那简直是浪费资源。我把这转湖当朝圣一样，朝健康之圣，朝自然之圣。现在我每天都转，不转就觉得今天还有件事没办，不转就觉得身体不舒服，不转就觉得没劲儿。

安步当车，老胳膊老腿儿的，我劝你就去散步。踏实稳当，出气均匀，清肺健心，健骨强筋。你逞能和年轻人一块儿跑去，人家一个小时围着湖跑三四圈，我一听就喘粗气，得服，反正我认定散步。没谁说过散步比跑步低一级，咱年轻时也不是没跑过步，没啥好羡慕的。

有医生建议，散步分时段进行，我不，我是一气呵成。早晨起来，走八千到一万步，然后放心去干其他事情。如果早晨实在有事耽搁了，午饭后或晚饭后补一下。湖里的水，湖岸的树，早晨中午晚上，看去各有不同，一幅画能看出几个版本，何乐而不为。

龙子湖高校多，因为长时间在教育战线工作，散步时可以碰见不少多年不见的老熟人，一阵惊喜，一阵感叹，忆往昔峥嵘岁月稠，这是在别处很难遇到的事情。一天，碰到个老同学，先问退了没有，说退了。等于是费话，彼此的年龄都清楚不过，可那也要问。再问住哪儿，一个答住河南财经政法大学，一个答住河南农业大学。一个城市，愣是好多年没见面，相约今后就在湖边见，这地儿多好呀!

有一个园林工人老崔,第一次打过招呼后,我们就成了朋友。每次碰到都点头问候,手头活不紧张的时候,还会聊会儿。聊他们工作上的事,聊他们村里的事,老了老了还能交上新朋友,真是不错。

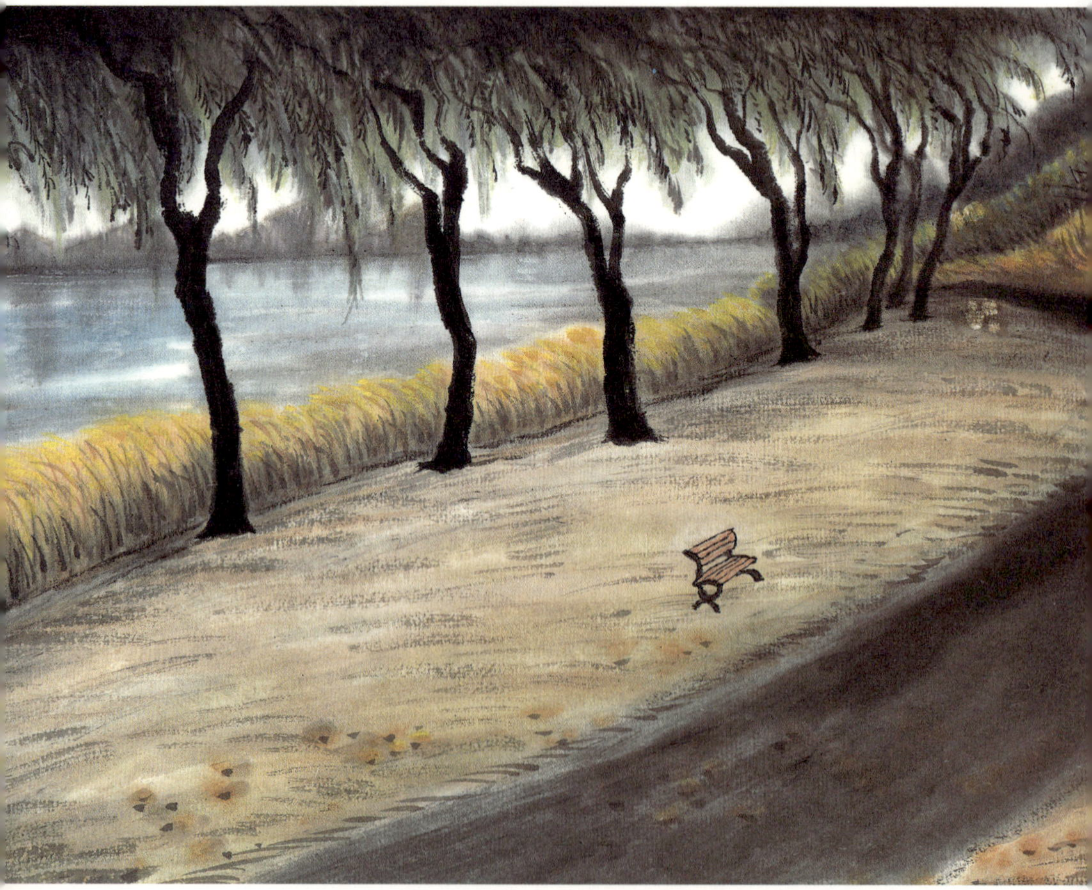

座　椅

湖边安装有木制座椅，漆成宫墙红的颜色，下雨也不脱漆，不知是做工精细，还是人们爱惜，没见到有损坏的。

座椅上除了相拥的年轻情侣，大部分是老人。

在日月湖北岸，我看到座椅上有个老人，白夹克，蓝运动裤，满头白发，面色红润，戴副珐琅架眼镜，一看就是附近高校的教师。怀里抱着一只泰迪，深棕色，老人一会儿摸摸泰迪的头，一会儿捋捋泰迪的耳朵。泰迪显得很有灵性，满足地享受着老人的爱抚。

还有一张椅子上坐着一对老年夫妇，穿着没什么特点，或许是老教授，或许是老职工。男的头发虽白，但量还不少，向后梳得整整齐齐。女的也是满头白发，略显稀疏。二人也不说话，只是静静地坐着，任凭年轻人从面前经过，任凭麻雀在身旁嬉闹，任凭对面马路上车来车往。二人只是静静地坐着，女人不时地摘去男人头上的落叶，落叶轻轻，女人摘去时动作更轻。

又一个老人坐在椅子上，身旁坐着一个年轻女孩子，走近一看认识，原来是农大教育种的李教授。他也认出了我，让女孩起来招呼我坐下。

他问我："你搬过来住了？"

"没有，只偶尔过来看看书。"

"搬过来，搬过来，这里环境好。"

"是啊，所以我也不断来湖边转转，这里环境确实好。"

"自从搬过来，我再也不愿回老校区住了。临老跟前能有这个湖真不错。"

"你身子骨看着不错，今年多大年纪了？"

"八十四了，哈哈，该阎王不请自己去了。听说你也退了？"

"退了，去年退的。"

"你咋退恁早，不是六十五才退吗？"

"按规定六十三。"

"退了好，退了就自由了。"

"您每天都来转湖吗？"

"除了刮风下雨，每天都来。孩子们怕我摔倒，专门找个小保姆跟着我。"

"我看你身体好着呢！"

"我身体没大毛病，干一辈子农活，没落毛病。有这湖在跟前，阎王请我也不去，哈哈。"

"不能去，像咱那几个老教授一样，活他个长命百岁。"

"长命百岁不敢说，努力争取吧。哈哈，你

先回，你事多，我在这里再多坐一会儿。"

"好，你再坐会儿，改天再聊。"

有时也能看到劳动间歇的工人，坐在椅子上或抽烟休息，或摆弄手机。湖边的椅子安得好，能让退休的老人歇息歇息，也方便年轻人谈情说爱。

品　酒

几个酒友要求到我书房来喝酒，也就是左岸，这不能拒绝，因为大家虽然经常相聚小酌，但我很少做东。不做东不是怕破费，实在是因为不善治蔬。这些人笑我除了弄个蒜泥黄瓜尚可下箸，别的甭提。有的人怀疑我是怕麻烦故意装傻拒客，理由是你说起烹饪来一套一套的，怎么能光会调理一根黄瓜。这次相约时就告诉我，把酒准备好，大家带着菜去。这还能说什么，这几位可不是单纯的酒友，都是本地文化界的名流大咖，开门宴宾吧。

几个人进门就问酒准备好没有，我说准备好了。问啥酒，我说外省的有茅台和五粮液，本省的有老杜康和宝丰。

有的主张喝茅台，有的主张喝五粮液。萝卜白菜，各有所爱。酱香浓香，各有所好。年龄最大的吴兄作了定夺："我主张喝老杜康，我看了生产日期，这酒有二十年以上了，保证好喝。咱们几个都是河南人，别跟风喝茅台，喝河南酒，为振兴豫酒做贡献。"

王兄说："吴兄，喝杜康我不反对，就是辜负了东家一片盛情呀！"说着指了指桌上的茅台和五粮液。

吴兄说:"咋能辜负东家心意呢?大家意见不一致,主张喝茅台的临走捎上一瓶茅台,主张喝五粮液的临走捎上一瓶五粮液,不皆大欢喜了。"众人鼓掌,说吴兄高明。

杜康酒一打开,立即逸出一股芳香,喝到嘴里醇正绵长,众人称赞不已,话题也自然转到了豫酒上。

"我们河南有着悠久的酿酒历史,为什么就没有一种在全国叫得响的酒呢?"

"能说出名姓的最早造酒人就是仪狄了,他造出了美酒,献给禹,禹品尝后觉得味道甘美,禹是王,他从政治上考虑,认为酒这么美味,后人肯定会有因酒误国的。他猜准了,夏代最后一个王夏桀,就是沉湎于酒色而亡国的,所以他疏远仪狄也是有道理的。禹都阳城,就是现在的登封。仪狄造酒应该就在河南,甚或就在阳城附近。"

"关于杜康造酒之处尽管有几个传说,但比较靠谱的还是汝阳,那里留有很多相关遗迹,杜康河、杜康坝、杜康酿酒处、杜康仙庄、杜康庙,每年正月二十一还举行庙祀活动。"

"还有一个黄帝造酒说。《黄帝内经》中记载黄帝和岐伯讨论酿酒的对话,黄帝不仅把酒看成饮料，还把酒当成疗疾的药物。黄帝主要活动在河南，因此酿酒也应当在河南。"

"舞阳县贾湖遗址发现的陶器碎片上有残存的酒，距今有九千年了，其中原料有稻谷、蜂蜜、水果等。现在舞阳生产的富平春，已经改名叫贾湖了。"

"唐朝我们荥阳曾经造一种叫土窟春的名酒，和现在的茅台差不多，名气很大，行销全国。"

"现在我们河南的名酒不多，也就杜康、仰韶、赊店还算可以，传统名酒中就剩个宝丰了，其他酒也就是覆盖当地那一片，别说畅销全国，连行销全省都说不上。"

"要说酿酒的原料不就是粮食嘛，河南是农业大省，粮食多的是，怎么就酿不出名酒呢？"

"光有粮食还不行，还得有技术，还得有团队。"

"光有好酒也不行，得会营销，得有拥趸，像你们喝着假茅台也说好喝的主儿，给河南酒业振兴做过啥贡献？"

大家一阵哄笑。吴兄举起酒杯："今天喝杜康是我选的吧，我就是拥趸，我提议为河南酒多几个拥趸干杯！"

"好！"大家碰杯，一饮而尽。

摄　影

散步时，看到一群人在湖边支着"长枪短炮"摄影，瞄的是几十只绿头鸭和一对凤头䴘䴘。我不会摄影，但我热爱这些水鸟，于是也凑近去看看。有个穿着摄影行头的人，忽然站起来跟我打招呼，我认出是同学老安。

老安问我："你这家伙，在这儿转悠个啥？"

"锻炼身体呀！"

"你不是住馨悦园吗？"

"我的书房在农大。"

"我经常来这儿拍鸟，咋没碰见过你？"

"你眼里都是鸟，我要从你背后走过去，你也不知道。"

老安照我腰窝里戳一拳，笑着说："你还是那副德行，刁骂人。"

我问老安："你啥时候热上这玩意儿了？上次见面没听你说呀。"

"退休后就玩这个了。为了摄影，专门买了辆越野车，光照相器材快花一百万了。"

"你说这已经弄好几年了？"

"六年了。"

"成绩咋样？"

老安不无得意地说："咋样？作品不断发表，

拿过几个大奖。"

我惊讶道："好家伙,已经修炼成摄影家了,这跟你原来银行行长的工作不搭呀。"

"没啥关系,现在就摄影一门心思。再说这玩意儿也锻炼身体,整天在野外跑,空气新,环境好,鸟儿愿待的地方人也愿待。"

"术业有专攻,只要投入就能出成绩。不过这龙子湖能拍个啥?"

"要去野外不说了,在市里这龙子湖可是块好地儿,要不然我能经常来?你看那一对一对绿头鸭,正处在发情期,欢虎着呢。你再看那对凤头䴙䴘,也正谈恋爱呢。"

我问："这湖里还有啥鸟?"

老安说："多了,红骨顶、白骨顶、大白鹭、燕鸥、翠鸟,有人还拍到秋沙鸭呢。"

"树上的鸟你不拍呀?"

"咋不拍,拍呀。那更多了,戴胜、珠颈斑鸠、伯劳、红鸲、乌鸫、白头翁、蜡嘴雀、椋鸟、啄木鸟,多了去了。"

"遇到好的照片给我发点欣赏欣赏。"

"你要有兴趣,我就给你发。你也把相机端起来呗。"

"我不行，吃不了这碗饭。"

"手机就行啊，现在手机像素也不低。拍着玩呗，你要经常在湖边转，不拍多可惜呀！"

"好好向你请教请教再动手吧。你快去拍你的吧，光跟我扯淡，鸟也飞不进镜头里。"

"该收家伙了，来来，我让你瞧瞧我今天的成绩。"

老安取下相机，拨拉着镜头让我看，发现他照的可真有点艺术范儿。我不住连连称赞，老安的脸也笑成了一朵花。

冬　泳

　　湖里虽然没有结冰，天气已经很冷，风一吹透凉，耳朵痒疼，两手也不敢放在外边，一直揣在兜里。人比人能气死人，我这里穿着棉衣还冻得不行，有一群人还在冰冷的湖水里冬泳。

　　我走到近前，饶有兴趣地停下看了一会儿，湖里正游的有四个人，都戴着泳帽，不像夏天，头部可以直露在外面，为了保暖，而是把头尽量埋在水里，抬头换气后又埋进去。岸上有些人还没下水，正在活动筋骨，预热后再下水。有两个已经游过的人，也不忙着穿衣就走，而是擦干身子，很从容地穿上衣服，在那里跑步蹦跳，以适应岸上的气温。我看其中有二三十岁的年轻人，也有四十来岁的中年人。惊奇的是，还有一个女将，红泳衣，红泳帽，称得上飒爽英姿了。没敢多停，因为对比起来咱太寒碜了。

　　我正走着，几个冬泳爱好者骑车从我身旁经过，我用欣羡的眼光目送他们。过去好几步远，有个小伙子回头看我，紧接着又扭转自行车车把来到我跟前，笑着招呼我："张伯，你跑步呢？"我一时怔怔地认不出来，直到他跟我说他爸是谁，我才忽然想起来是杭建。

　　"杭建，几年不见长成大小伙子了！"

"张伯,我都快二十五了,还啥小伙子哪。"

"我马上都六十大几了,你还不是小伙子。看到你参加冬泳我很高兴,你爸年轻时候就是有名的冬泳健将。"

"他现在不敢了,只能在室内泳池里过把瘾了。"

"你那些伙伴都是咱农大的?"

"有一个是农大的,其他也都是附近高校的。"

"自发组织的,还是学校组织的?"

"自发的,那年纪最大的是我们的头儿。冬泳得结伴,互相有个照应。你也不错呀,能坚持跑步锻炼身体。"

"跑什么步呀,就是随便转转。哪能和你们冬泳比呀!"

"随便转转也好呀,比闷在家里强。你也可以去室内游泳池游泳呀。"

"笑你伯哩吧,我一辈子也不会游泳。"

杭建笑弯了腰,"你管全省体育,却不会游泳,骗我的吧。"

"我没事干了,骗你这年轻人。你给我说说参加冬泳啥感受。"

"张伯,游泳可是一项好运动,能锻炼全身

筋骨和各个脏器，你不会游泳太遗憾了。"

"遗憾也没办法，你伯太笨，学不会。"

"我猜你是没学，游泳哪有学不会的道理。要学都能学会。"

"会者不难，难者不会。他们说我这么胖，啥动作不做也沉不下去，可是我一到水里就变成铁块，愣是马上沉底。"

"张伯，要说这冬泳，不但能锻炼身体，而且还能锻炼意志，你没兴趣不行，坚持不住也不行，冬泳后我浑身是劲儿，干活也精神得很，习惯了。"

"那你们为什么选定龙子湖而不去别的地方游呢？比这水面大的地方有的是。"

"在龙子湖冬泳，一是近，工作单位都是大学城的，方便；二是这湖里水质好，清得很，市区能有这片水面不容易，水质要不好没法游。"

"既然尝到了甜头，就坚持下去，快回去吃饭吧，代问你爸好，让他有空到我书房聊天，我俩也好长时间没见了。"

"好哩，那我先回了。"杭建骑上车，向我摆了摆手，疾驰而去。

沙　滩

郑州不靠海，郑州人很少见到大点的沙滩。

伶伦湖西岸，专门为儿童铺设了一片沙滩，面积虽然不大，但那儿是孩子们的乐园。

公园管理处为孩子们提供各种小工具，如小筐、小桶、小铲。人类进步就是从工具开始的，旧石器时代的人用粗糙石器，新石器时代的人用精细石器，金属时代的人先用铜器、再用铁器，现代人用电器、用网络。

小筐可以装沙，小桶可以提水，小铲可以掘土。好了，有了这些工具就可以堆山，就可以建房，就可以挖湖，就可以开河。

一个小朋友堆了座山，高不足尺，父亲问他："你垒这是啥？"孩子答道："山。""啥山？""嵩山。"父亲笑弯了腰，孩子只盯着自己的山，头都不抬，不怕大人见笑。老家是登封，他知道登封有嵩山。

一个小朋友造了座城，也就是几小堆土，但他对自己造的城很满意，掂着小铲深情地注视着。大人问："你堆的这是啥？""城。""啥城？""商城。"孩子家就在商城遗址旁居住，大人时常指着那些黄土墙，告诉孩子那是商城。要说二者有区别，一个是黄土，一个是黄沙，孩子还小，哪能分那么清。

一个小朋友挖了个小坑，央求父亲去提水倒进去，告诉父亲说，他挖的是湖，是龙子湖。父亲问他你的湖为啥那么小，你看龙子湖那么大，水那么多。孩子抱着小铲，仰头看着父亲傻笑，好像说，我是小孩，只能挖这么小的湖。

　　一个小朋友挖了一条浅浅的、弯曲的小沟，大人帮助注上水，可是水很快漏得只剩很少。妈妈向一旁的人介绍，孩子告诉她这是熊儿河，引来一片赞扬声。

　　孩子们凭自己的想象创造着，玩累了，大人带着满脸沙土的孩子回家了，恐怕孩子晚上睡觉时，梦里也会出现那山那城、那湖那河，嘴角会挂上得意的笑容。

　　孩子们走了，沙滩上剩下的是一片凸凹不平，可这是孩子们的乐园呀！

自　然

　　吹面不寒杨柳风，暮春天气，轻衣薄褂，走在湖边心惬意适。看看眼前一湖春水和水边的青青垂柳，再看看东方熹微的天空，忽然想起儿时上早学的情景。

　　我们几个小伙伴，打着闹着往学校去，村头一户人家有只黄狗，我们招惹它叫个不停，黄狗追我们时，我们就比谁跑得快，等快追上时，我们猛地俯下身子，作捡砖头状，那狗赶紧调头往回跑。其实地上根本没砖头，连块坷垃也没有，可这种吓唬狗的小手段，屡试不爽，像功课一样，每天来一次。我们不烦，那黄狗也不烦。

　　多宽的路能够我们走呢，你追我，我追你，到学校的二里路程，有一半是在庄稼地里走的。看见豌豆苗，掐个尖儿放嘴里；看见嫩绿豆角，摘一个放嘴里；看见将熟的麦穗，捋一个用小手一揉，半带糠皮放嘴里。你说那时候的年景，那时候的胃口，什么不敢吃呢。

　　走到明伦桥头，看到一个男老师，一个女老师，在集合着二十多个小学生。老师和学生身上，都穿了塑料马甲，上面印着"和悦自然"四个醒目大字。我上前去问了问女老师，她告诉我是某某小学的，春天的龙子湖花草多，带孩子们到湖边亲近亲近自然，多认识些花草，激发孩子们热爱大自然的兴趣。我作为一个老教育工作者，由衷地赞成，连说几个好。我提出跟他们一块儿参加会儿活动，女老师笑笑说，我认识你，你这么大的官，哪有时间陪这帮孩子玩。我告诉她我已经退休了，自由了，能和孩子们在一起多好啊。她告诉我她爸妈也在农大工作，一说名字，我说我和你爸熟得很，前几天散步还碰头聊天呢，他可是农大的知名教授。我笑说，那就喊你小白老师了。"喊小白吧。""不行不行，守着你的学生得喊白老师。"

小白给男老师介绍了我，并说我想和他们一块儿参加活动，男老师表示欢迎。男老师扭头跟小白说，再给林林她妈打个电话，再不来就不等了。这时有个女同志领着一个孩子急匆匆赶来，嘴里不住向两个老师道歉，说堵车了，来晚了。

两个老师带孩子们来到湖边，孩子们欢快地奔跑着，像出笼的鸟儿，惊得在岸上觅食的几只野鸭扑腾着飞向水里。

男老师拦住孩子们，不让太靠近水面，并指着湖边尺许长的绿色芦芽问学生谁认识，学生都说不认识。男老师说，这是芦芽，长高了就是芦苇，秋天还结有很大的芦花，这芦苇丛就是野鸭的家，它们可以在里边躲风避雨、生儿育女。苏东坡有句诗，"蒌蒿满地芦芽短"，写的就是这个季节，不过这里芦芽不算很短了。

白老师召集同学们说："现在海棠花正开，这湖岸有四种海棠，分别是西府海棠、垂丝海棠、贴梗海棠和木瓜海棠，根据老师昨天课堂上讲的各种海棠的特征，四个小组分别去找出属于自己小组的海棠。"孩子们五六个人一组，对着笔记本，去寻认自己小组的海棠，半个小时后，各小组都选定了结果，老师又把同学们集中起来，让每个小组的代表汇报了寻找过程。老师总结点评后，又让同学们去寻找四种花草，分别是连翘、棠棣、马兰和鸢尾。

孩子们也不休息，立即投入到寻认花草的行动中。孩子们边找边争论，边对照笔记本上记录的各种花草的特征，找定后征得老师认可，又集中汇报寻找过程和感想。白老师总结点评后，又给同学讲连翘入药治病，棠棣象征兄弟感情，马兰基地造出了原子弹、氢弹，鸢尾是希腊神话中的彩虹女神。孩子们听得神情专注，没有一点疲劳之态。

我赞扬小白的课讲得太好了，这一定会在孩子们幼小的心灵里播下热爱自然的种子。

拓展活动

经常有单位在湖心岛搞拓展活动，目的是增加团队凝聚力，训练团队协同力，提升团队执行力。

队伍集合齐后，总要反复喊一些响亮的口号。口号中要把单位的名字嵌进去，以激励大家的士气。喊一遍，召集人总要挑毛病，喊得不齐呀，声音太小呀，还不够洪亮呀，直到喊到极致，喊得胸胆开张，才开始其他活动。

有一次，我看到一排人横向站齐，邻近人的腿脚绑在一起，听哨音前进，用时最短的队为胜。出现绊倒、脱绳现象，零分。你想这要不相互配合得好，准输。

还有两块木板，相当于一双大鞋，一排人把两脚分别绑在两块木板上，前进时步调必须一致，否则走不成。这要求大家要默契得像一个人一样。

最吸引人的是趣味运动会，创制有五花八门的比赛道具，趣味嘛，总要有人出洋相才有趣。比赛过程中会赢来一阵阵掌声，一阵阵笑声，使团队融洽成为一个和谐的大家庭。

最便当的方式还是跑步，场地好找，可以容纳很多人参与。背心上有单位的名字，有自己的编号。一路上设很多服务站点，提供毛巾、矿泉水和其他用品，有人在旁加油鼓劲。有时直接喊名字，"某某某快加油！""某某某要挺住！""坚持到底就是胜利"。

有一次看到一个单位搞拓展活动，正在集合，还没正式开始，但眼前的路几乎被堵住了，我准备绕到旁边草地上过去，忽然有个女孩子喊我，一看原来是关关。因为她和别人穿了同样的运动服，我一眼没认出来。我问关关她单位是不是经常搞拓展活动，她告诉我，一般一年两次，对团队建设很有好处，搞一次大家要兴奋好几天。我说，你赶快去吧。她说，没事，董事长、总经理都在呢。我问，是不是要求公司领导都要参加。她说，都要参加，这是公司的大事。

我想，只有重视团队建设，公司才能很好发展。只有重视队伍建设，才能克敌制胜。只有重视干部队伍建设，才能干好伟大事业。这些道理都是相通的。

琴　瑟

张东上午来书房看我，问我中秋节回不回老家。我说："不回，手头还有些事要办。"

张东说："这次我带关关一起回，她说要去咱家看看。"

"好啊，进展够迅速的，都能带回家了。"

"叔，这次回家见过，俺爹俺娘要没意见，年底我们就打算结婚啦，年龄都不小了。"

"你爹你娘能看不上关关？他们能当你的家？别装得多孝顺似的。"

"你不是好讲本朝以孝治天下嘛，这不是听您老人家的话嘛。"

"那是跟你们开玩笑，共产党也赞成孝敬老人不是。"

"关关也孝顺，她说结婚前去咱家，结婚后第一个春节要去新疆过，好好亲近亲近她的父母。"

"你要去新疆，我同学那个老酒鬼，一看这么排场个女婿，喜欢起来，小心灌翻你。"

"叔，你别先灭咱自己的威风，他能喝多少？听关关说他老爸年轻时候还行，现在半斤酒就进入状态了。"

"这小子年轻时候一次能喝一斤多，号称'津巴布韦'，我整不过他。"

"再说，关关也不会让我喝多呀！"

"哟，哟，看你小子得意的。"

"叔，我从北京回郑州，最大收获就是关关了。"

"你从北京回郑州的时候，又不知道有个关关在等你。当时咋想起回郑州了？"

"当时主要因为房子。北京好是好，房子解决不了。城里房子贵得吓死人，靠挣工资一辈子也买不了一套房，干了几年，开始租房，后来在望京买一个小套，每天上下班有两三个钟头耗在路上。我回郑州三年就买了一套靠龙子湖的三居室，上班步行都可以，那个轻松你体会不到。人家关关更牛，大平层五居室，二百多平，离龙子湖也不远，打从内心说，郑州真是个宜居城市，四季分明，雾霾也少了，龙子湖又是最新最成熟的社区。我跟天南海北的同学聊天，就劝他们来郑州工作，来龙子湖创业。"

"你把龙子湖说得这么好，不是托儿吧。"

"第一次到书房看你，你不是也对龙子湖大加褒扬吗？你说这岛上啥没有？论吃的，大小饭店，中餐西餐；论看的，剧场影院，湖光山色；论行的，公路四通八达，地铁站就在跟前，自行车扫码就骑；论购物，大小商场无数；论工作，大数据，科技城；论学习，环湖都是高校，磕着碰着都是大学生。"

"好了，好了，别贫嘴了，该吃午饭了。"

"我打电话让关关带些饭过来吧，就在你书房吃，反正她今天也不上班。"

"要不咱还去豫庄吧，那里人熟，要几个喜欢的菜，咱爷儿俩也喝两杯。给你掠得美人归祝贺祝贺。"

"好哩！真巧,关关来电话了。"张东接通,"关关你中午没事吧？咱叔又请吃豫庄哩，你直接去？好，我和叔这就出发，马上到。"

"小夫妻配合默契呀！"

"叔，今天我结账，不让你破费，要知道别看你官大，论工资俺俩都比你高。"

"小气鬼，那你们还缠着我请客。"

"关关说，就喜欢听你喝着酒，东拉西扯地神侃。"

"好，走着。"

一　日

经关关介绍，我认识了小斯。小斯一看就是知识女性，白皙的脸庞上架个金丝眼镜，显得文质彬彬。

一天，关关领小斯来书房看我。

落座后我问小斯："听关关说你爸是汉族，你妈是藏族，那你履历表上填的是汉族还是藏族？"

"藏族。当时爸爸坚持让填汉族，说好就业。妈妈坚持让填藏族，说有优待。最后爸爸让步了。"

"经过这几年，那你认为爸爸妈妈谁对呢？"

"没有对错，我靠工作吃饭，我就是我，中华民族。"

"小斯，你这么优秀，我要早认识你，非调你去省民委工作不可，当时我就分管省民委。"

关关接话："叔，你搞错没有，人家博士后，来河南只是锻炼锻炼，工作一段时间要回北京的。人家小斯会看上郑州？真是的。"

"叔不是爱才心切嘛，小斯当然不会看上郑州。"

小斯说："既然关关喊你叔，我也喊你叔，你不介意吧？"

"当然不介意，我求之不得呢，一个侄女是新疆的，一个侄女是西藏的，多好啊！"

"叔,我给你讲,参加工作十多年,我被单位派过好几个地方,这两年在郑州龙子湖工作是最舒心的两年。当然前边工作的几个地方也都不错,但感觉都不如这边好。"

关关说:"小斯,我今天带你来,可不是让你夸郑州的,咱叔从没在郑州市任过啥职,你这香可烧到佛爷屁股后头了。"

小斯对关关说:"你这人来前反复告诉我,叔就是个笑面佛,脾气好得很,想说啥就说啥,想咋说就咋说。"

"叔,我今天可给你带来个话篓子,看着斯文得不得了,其实是个标准的话痨,你就洗耳恭听吧。"

"小斯你只管说,别听关关岔题。"

"叔叔,郑州别的我说不了,因为不是我的亲身体会,但龙子湖真是年轻人生活、工作的好地方。"

"好,你说,我还真想知道你们在岛上的生活。"我说着又示意关关不要插话。

小斯说:"只要在郑州,我每天早晨六点半起床,洗漱后绕着湖边跑步,那环境真好。七点半吃早餐,公司有食堂,也可以出去吃,方便得很。我一般一杯咖啡一个芝士就行了。有时也去喝胡辣汤,配油条或水煎包,午饭晚饭都在食堂吃。

下班后就自由了，要么坐湖边看书，要么约关关去划船，尽兴而归。我觉得这日子挺好，关关身在福中不知福，老说自己老死荒岛。"

关关抢话："小斯，你喜欢郑州找个郑州人嫁了，一辈子生活在这里，别攻击我，我又没说郑州不好。"

小斯接话："你现在当然不会说郑州不好了，都快成郑州媳妇了。"

关关说："闭嘴吧，再攻击我我就不客气了。"

我赶忙拦住："两位公主，郑州净是好小伙，祝你们各找到一个如意郎君。你们留在郑州，看我总方便些。另外，我想了解一下，晚上还有些啥活动，总不能光划船吧？"

小斯说："晚上可以去图书馆看书，或参加一些沙龙活动。有讲座，有书会。丰富着呢。"

"好啊，希望你们经常来找我聊聊天，让我也年轻年轻。"

关关故作生气地说："小斯咱们走，这老头儿一肚子私心，盼咱们经常来看他，索性告诉他，我们仨月也不再来。"

你看小斯只给我说了一天的事情，这丫头罚我仨月，真是的。

丰合赛艇俱乐部

每天在湖边散步都要经过丰合赛艇俱乐部，后来又认识了俱乐部的创办人程远林，所以也不时到俱乐部坐坐，和程远林、师保林等人聊聊天。

程远林是退役赛艇运动员，对赛艇运动有着特殊的感情。退役后做生意赚了些钱，转身就把钱投在了心爱的赛艇上，创办了丰合赛艇俱乐部。目的是传播赛艇知识，推广赛艇文化，提供赛艇培训，组织民间赛事。赛艇可不是小木船，是很烧钱的，加上这项活动有些小众，很少人熟悉，也很少人参与。栽下梧桐树，却不见凤凰来，光顾者寥寥无几。只有几个老队友早晚来划划。程远林开始怀疑自己这一步是否走得正确，钱是花出去了，事情却没见起色。这时碰上了热心人师保林，两块林子合在一起，俨然有了些森林气象。当时师保林在郑州九十四中当校长，俱乐部免费为学校提供训练设施和场地，技术指导当然也不会收费，九十四中的赛艇队在二林配合下，很快成长起来，后来在全国性赛事中摘金夺银，名声大噪。

俱乐部和学校的合作真是天作之合。龙子湖是大学城，很快一些大学也建立了自己的赛艇队，龙子湖开始热闹起来。有单人艇、双人艇、四人艇、八人艇，在湖面来回穿梭，惊起鸭鸥一片。

俱乐部2011年成立，第二年就开始举办赛事，赛事越来越多，名气也越来越大。美国华尔街著名投资人吉姆罗杰斯先生来了，亚洲赛艇联合会终身名誉主席王石先生来了，省、市、区体育部门和教育部门的领导来了。程远林脸上开始有了笑容。

河南不是水面丰富的省份，郑州市却有个龙子湖。龙子湖不但水质好，还能为赛艇提供一个约五公里的优良水道。加上郑州的气候，湖面很少结冰，几乎常年可划。龙子湖一湖好水，为郑州添了一道风景。

如今的郑州丰合赛艇俱乐部，真是荣誉多多，既是全国最早成立的赛艇俱乐部之一，也是河南首家赛艇俱乐部，同时还是河南赛艇协会认可的专业赛艇俱乐部。在全国各种赛事上拿到的奖牌，更是数不胜数。

我是个旱鸭子，不会游泳，更不会划艇，远林和保林劝我坐艇上溜一圈，都被我婉拒了。但我很愿意到俱乐部坐坐，聊聊和皮划艇相关的话题。我祝愿郑州丰合赛艇俱乐部越办越好，有更多的人热爱上这项有益于身心健康的体育活动。

后　记

日久生情，人和人如此，人和物也一样。近几年整天在龙子湖盘桓，心里自然生出一份感情来，于是，就把在龙子湖的所见所闻写在了这里。

说起生活，龙子湖已经是一个比较成熟的社区了。不但各种生活设施健全，而且环境相当优美。

龙子湖是河南重要的大学城，也是河南重要的科技城。科技教育是龙子湖的当家底色，文化是龙子湖的鲜明特色。

我这里写下的道路桥梁、树木花草、飞羽水族、人事沧桑，多是和科技、教育、文化有些联系的。龙子湖虽然历史不长，但已是一部内涵丰富的大书，还将不断地丰富着，我不揣浅陋，撷一页作芹献，也算是对龙子湖的微薄报答。

本人识少文拙，难免浅陋错讹，诚希读者诸君多多批评指正。

感谢王守国先生、耿相新先生、田国行先生、冯世虁先生为本书提出的宝贵修改意见，感谢吴行先生为本书题写书名，感谢赵曼女士为本书作插图。感谢薛正强同志、蒋验军同志提供的许多帮助，更感谢大象出版社汪林中、张桂枝、张前进、李建平、王军敏诸同志在本书出版过程中给予的大力支持。

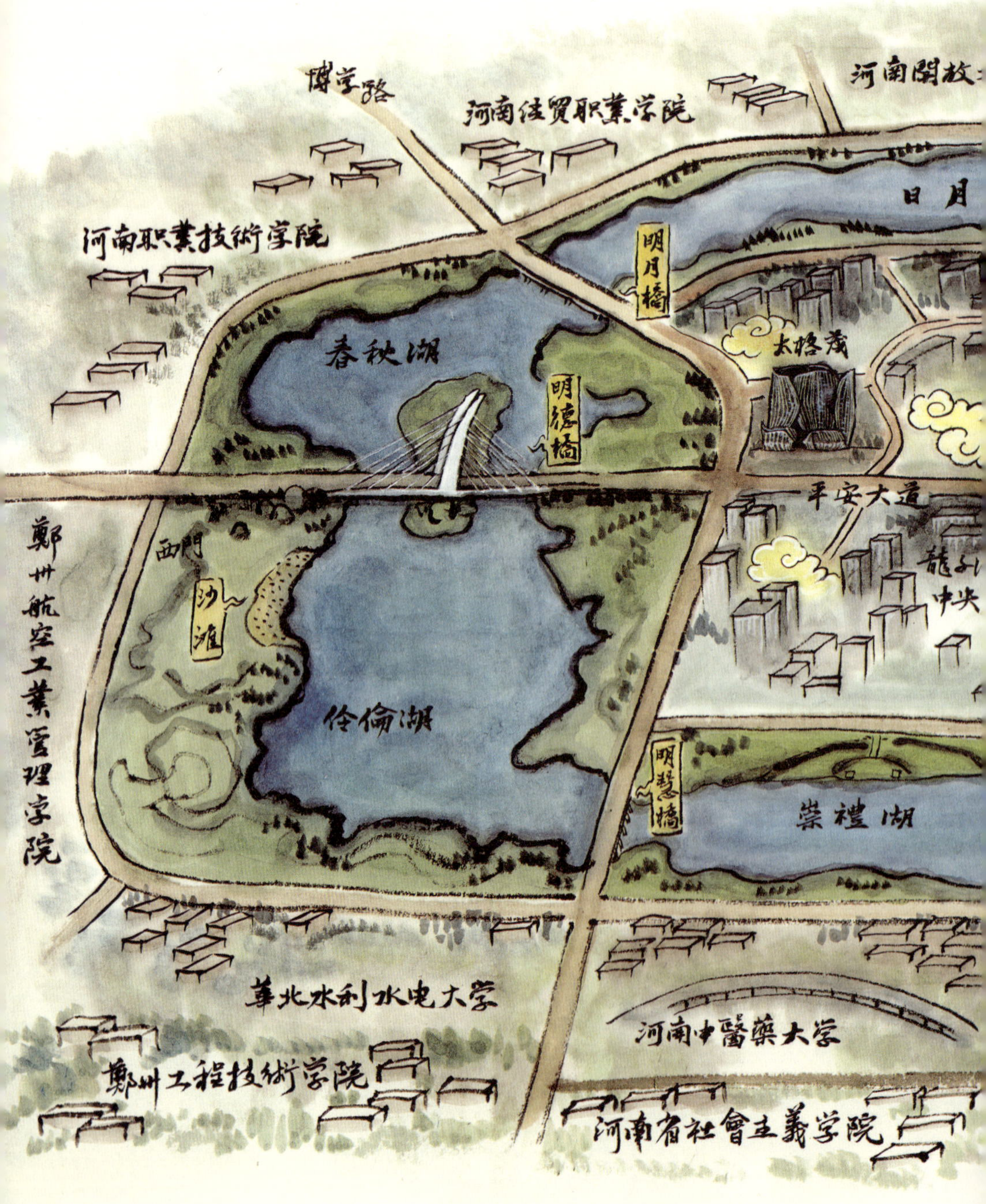

博学路
河南经貿职業学院
河南開放
日月
河南职業技術学院
明月橋
春秋湖
太格茂
明德橋
平安大道
鄭州航空工業管理学院
西門
沙滩
龍子
中央
伶倫湖
明慧橋
崇禮湖
華北水利水电大学
河南中醫藥大学
鄭州工程技術学院
河南省社會主義学院

河南大学

河南财政金融学院　　河南牧业经济学院
　　　　　　　　　　　　　　　春华街
明云桥
关雎湖
　　　　　　明伦桥
　　　　　　　　　河南农业大学
　　　　　　　　　河南警察学院
知远湖
明心桥
　　　　　河南财经政法大学
南司法警官
业学院